선생님과 함께 읽는

소설가 구보 씨의 일일

물음표로 찾아가는 한국단편소설 20

소설가 구보 씨의 일일

전국국어교사모임 지음 ㅣ 성자연 그림

Humanist

'물음표로 찾아가는 한국단편소설' 시리즈를 펴내며

문학 교육은 아이들이 꿈을 꾸게 하기 위해 필요합니다. 그러나 요즘의 문학 교육은 참고서와 문제집을 통해서만 이루어지고 있습니다. 그래서 문학 수업은 엉뚱한 상상도 발랄한 질문도 없는 밍밍하고 지루한 시간이 되어 버렸습니다. 상상의 여지가 사라지고 질문이 없는 수업은 아이들을 질리게 하고 문학을 말라 죽게 합니다. 그렇다면 어떻게 해야 문학 교육을 살릴 수 있을까요?

무엇보다 학생들이 스스로 생각을 열어 질문을 만들 수 있게 해야 합니다. 매우 상식적인 일이지만, 우리 교육 환경에서는 잘 이루어지기가 어렵습니다. 그래서 전국국어교사모임은 학생들이 스스로 생각을 열고 엉뚱한 상상과 발랄한 질문을 할 수 있는 마중물을 붓기로 했습니다. 이는 말라 버린 문학뿐 아니라 아이들의 메마른 마음에도 물을 붓는 일이 될 것입니다.

교과서에 실린 의미 있는 작품을 골랐습니다 중·고등학교 국어 교과서나 문학 교과서에 실린 단편소설 가운데 오랫동안 많은 사람들에게 널리 읽힌 작품을 골랐습니다. 교과서에 실렸다는 것은 중·고등학생들에게 유용한 작품이라는 것이고, 오래 널리 읽혔다는 것은 재미나 감동, 그리고 생각거리 면에서 어느 하나는 사람들의 마음에 들었음을 뜻하기 때문입니다.

전국의 학생들에게 물었습니다 전국에 있는 수많은 학생에게 소설을 읽혀 보고, 그들이 궁금해하는 것을 모았습니다. 그러고 나서 의미 있는 질문거리들을 일정한 방식으로 배열했습니다.

현직 국어 선생님들이 물음에 답했습니다 전국의 국어 선생님 100여 분이 다양한 책과 논문을 살펴본 다음 질문에 대한 답을 했습니다. 이런 과정을 통해 보다 보편적인 작품의 의미에 접근하고자 했습니다.

교육 과정과의 연관성을 고려했습니다 수업 현장에서 또는 학생 스스로 이용할 수 있도록 했습니다. '깊게 읽기'에서는 인물, 사건, 배경, 주제 등 작품과 직접 관련되는 내용을 다루었으며, '넓게 읽기'에서는 작가, 시대상, 독자 이야기 등을 살펴볼 수 있도록 했습니다.

'물음표로 찾아가는 한국단편소설' 시리즈는 다양하고 깊이 있는 생각을 이끌어 낼 수 있는 소설 감상의 안내서 구실을 할 것입니다. 또한 작품에 대한 해석과 이해의 차원을 넘어서 문화적·사회적·역사적 정보를 폭넓고 다양하게 제시함으로써 문학 감상 능력을 향상시켜 줄 뿐만 아니라, 문학과 가까워질 수 있는 기회를 제공해 줄 것입니다.

전국국어교사모임

머리말

〈소설가 구보 씨의 일일〉은 모더니즘 기법을 사용한 소설입니다. 우리나라는 1910년부터 1945년까지 서양의 여러 문예사조를 받아들이게 되는데, 〈소설가 구보 씨의 일일〉이 창작된 1930년대는 특히 모더니즘이 유행했어요. 모더니즘 소설은 쉽게 말하면 새로운 실험을 많이 한 소설입니다. 그러다 보니 기존의 소설처럼 줄거리가 명확하지도 않을뿐더러, 갈등 관계나 주요한 사건 등이 나타나지 않아요. 주인공 구보가 도시를 걸어 다니며 친구들을 만나 대화하고 자신의 고민과 생각을 드러내는 것이 전부입니다. 그래서 이해하기도 어렵고 어리둥절하게 느껴질 거예요. 하지만 배경지식을 가지고 이 소설을 접한다면, 작품의 의미와 특성을 이해하는 데 도움이 될 것입니다.

먼저 형식적인 면을 살펴보면, 〈소설가 구보 씨의 일일〉은 전통을 거부하고 새로움을 추구했습니다. 의식의 흐름, 어구를 통한 단락 구분, 쉼표의 잦은 사용, 과거와 현재를 넘나드는 몽타주 기법 등을 사용하여 이전 소설과는 전혀 다른 양식을 선보인 것이지요. 낯설고 어렵게 느껴지기도 하지만, 소설의 전통적 개념(개연성 있는 서사를 바탕으로 현실을 반영하는 문학)에서 한 걸음 더 나아갔다고 할 수 있을 것 같습니다.

시대상을 드러내는 방식도 새롭습니다. 〈소설가 구보 씨의 일일〉은 일제강점기인 1930년대의 어느 하루 동안의 이야기예요. 이때는 일본이 우리나라를 심하게 수탈하던 시기입니다. 토지 조사 사업으로 일본에게 땅을 빼앗기고 빈민층으로 몰락한 사람들이 먹고살기 위해 도시로 몰리다 보니 빈부 격차도 심해지고, 사람들 사이의 인정도 사라지고, 물질을 좇아 부유하는 사람들도 많아졌지요. 〈소설가 구보 씨의 일일〉은 이러한 일제강점기의 실상을 직접 드러내는 것이 아니라, 구보의 시선과 생각과 말 등을 통해 자연스럽게 1930년대 경성의 모습을 짐작할 수 있게 했습니다.

마지막으로 내용의 보편성입니다. 구보는 산책을 하면서 고독과 행복에 대해 생각하고, 결국 물질적인 가치(돈, 직장)가 아닌 정신적인 가치(문학, 친구, 어머니의 행복)를 선택하게 됩니다. 또한 작품에서 읽어낼 수 있는 자식에 대한 어머니의 사랑, 어머니를 생각하는 자식의 마음, 친구와 함께하는 즐거움, 이성과의 만남에 대한 설렘과 이별의 슬픔 같은 것들은 예나 지금이나 소중한 삶의 가치라 할 수 있을 것입니다.

이제 구보가 향하는 발걸음을 따라, 그의 시선이 머무는 곳을 향해, 그의 의식과 생각에 담긴 의미를 좇아 1930년대 경성의 생활 속으로 시간여행을 떠나볼까요?

2020년 1월
서울국어교사모임

차례

'물음표로 찾아가는 한국단편소설' 시리즈를 펴내며   4

머리말   6

작품 읽기 〈소설가 구보 씨의 일일〉 _ 박태원   11

깊게 읽기 묻고 답하며 읽는 〈소설가 구보 씨의 일일〉

1_ 경성을 걷다
당시 경성은 어떤 모습이었나요?   91

전차 요금은 얼마인가요?   94

가배차가 뭔가요?   98

'황금광 시대'가 뭔가요?   101

2_ 구보 씨를 만나다
구보는 왜 일자리 얻기가 힘든가요?   105

구보는 왜 결혼을 고민하나요?   110

구보는 왜 이렇게 아픈 데가 많나요?   115

'모데로노로지오'가 뭔가요?   120

구보가 바라는 행복은 무엇인가요?   123

3_ 창작 노트를 엿보다

왜 사건과 갈등이 없나요? **127**

쉼표가 왜 이렇게 많나요? **130**

구보와 작가는 동일 인물인가요? **133**

주제가 뭔가요? **136**

넓게 읽기 작품 밖 세상 들여다보기

작가 이야기 – 박태원의 생애와 작품 연보, 작가 더 알아보기 **140**

시대 이야기 – 대중문화로 보는 1930년대 **148**

엮어 읽기 – 제임스 조이스와 이상의 모더니즘 소설 **150**

독자 이야기 – 소설 읽고 대화 나누기 **155**

참고 문헌 **159**

소설가 구보 씨의 일일

박태원

어머니는

아들이 제 방에서 나와, 마루 끝에 놓인 구두를 신고, 기둥 못에 걸린 단장을 떼어 들고, 그리고 문간으로 향해 나가는 소리를 들었다.

"어디, 가니?"

대답은 들리지 않았다.

중문 앞까지 나간 아들은, 혹은, 자기의 한 말을 듣지 못하였는지도 모른다. 또는, 아들의 대답 소리가 자기의 귀에까지 이르지 못하였는지도 모른다. 그 둘 중의 하나라고 생각한 어머니는 이번에는 중문 밖에까지 들릴 목소리를 내었다.

"일쯔거니 들어오너라."

역시, 대답은 들리지 않았다.

중문이 소리를 내어 열려지고, 또 소리를 내어 닫혀졌다. 어머니는 얇은 실망을 느끼려는 자기 자신을 스스로 위로하려 한다. 중문 소리만 크게 나지 않았다면, 아들의 "네" 소리를, 혹은 들을 수 있었을지도 모른다……

어머니는 다시 바느질을 하며, 대체, 그 애는, 매일, 어딜, 그렇게, 가는, 겐가, 하고 그런 것을 생각해 본다.

직업과 아내를 갖지 않은, 스물여섯 살짜리 아들은, 늙은 어머니에게는 온갖 종류의, 근심, 걱정거리였다. 우선, 낮에 한번 집을 나서면, 아들은 밤늦게나 되어 돌아왔다.

늙고, 쇠약한 어머니는, 자리도 깔지 않고, 맨바닥에 가, 팔을 괴고 누워, 아들을 기다리다가 곧잘 잠이 든다. 편안하지 못한 잠은, 두 시간씩 세 시간씩 계속될 수 없다. 잠깐 잠이 들었다, 깰 때마다, 어머니는 고개를 들어 아들의 방을 바라보고, 그리고, 기둥에 걸린 시계를 쳐다본다.

자정 – 그리 늦지는 않았다. 이제 아들은 돌아올 게다. 어머니는 아들이 어서 돌아와지라 빌며, 또 어느 틈엔가 꼬빡 잠이 든다.

그가 두 번째 잠을 깨는 것은 새로 한 점 반이나, 두 점, 그러한 시각이다. 아들의 방에는 그저 불이 켜 있다.

아들은 잘 때면 반드시 불을 끈다. 그러나, 혹은, 어느 틈엔가 아들은 돌아와 자리에 누워 책이라도 읽고 있는 게 아닐까. 아들에게는 그런 버릇이 있다.

어머니는 소리 안 나게 아들의 방 앞에까지 걸어가 가만히 안을 엿듣는다. 마침내, 어머니는 방문을 열어보고, 입때 웬일일까, 호젓한 얼굴을 하고, 다시 방문을 닫으려다 말고 방 안으로 들어온다.

나이 찬 아들의, 기름과 분 냄새 없는 방이, 늙은 어머니에게는 애

달팠다. 어머니는 초저녁에 깔아놓은 채 그대로 있는, 아들의 이부자리와 베개를 바로 고쳐놓고, 그리고 그 옆에 가 앉아본다. 스물여섯 해를 길렀어도 종시 마음이 놓이지 않는 것은 자식이었다. 설혹 스물여섯 해를 스물여섯 곱하는 일이 있었더라도, 어머니의 마음은 늘 걱정으로 차리라. 그래도 어머니는 그가 작은며느리를 보면, 이렇게 밤늦게 한 가지 걱정을 덜 수 있으리라 생각한다.

"참 이 애는 왜 장가를 들려구 안 하는 겐구."

언제나 혼인 말을 꺼내면, 아들은 말하였다.

"돈 한 푼 없이 어떻게 기집을 멕여 살립니까?"

하지만…… 어떻게 도리야 있느니라. 어디 월급쟁이가 되더라도, 두 식구 입에 풀칠이야 못 헐라구…….

어머니는 어디 월급 자리라도 구할 생각은 없이, 밤낮으로, 책이나 읽고 글이나 쓰고, 혹은 공연스레 밤중까지 쏘다니고 하는 아들이, 보기에 딱하고, 또 답답하였다.

"그래두 장가를 들어놓으면 맘이 달러지지."

"제 기집 귀여운 줄 알면, 자연 돈 벌 궁릴 하겠지."

작년 여름에 아들은 한 '색시'를 만나본 일이 있다. 그 애면 저도 싫다고는 않겠지. 이제 이놈이 들어오거든 단단히 따져보리라…… 그리고 어머니는 어느 틈엔가 손주 자식을 눈앞에 그려보기조차 한다.

아들은

그러나, 돌아와, 채 어머니가 뭐라고 말할 수 있기 전에, 입때 안 주무셨어요, 어서 주무세요, 그리고 자리옷으로 갈아입고는 책상 앞에 앉아, 원고지를 펴놓는다.

그런 때 옆에서 무슨 말이든 하면, 아들은 언제든 불쾌한 표정을 지었다. 그것은 어머니의 마음을 아프게 한다. 그래, 어머니는 가까스로, 늦었으니 어서 자거라, 그걸랑 낼 쓰구…… 한마디를 하고서 아들의 방을 나온다.

"애기는 낼 아침에래두 허지."

그러나 열한 점이나 오정에야 일어나는 아들은, 그대로 소리 없이 밥을 떠먹고는 나가버렸다.

때로, 글을 팔아 몇 푼의 돈을 구할 수 있을 때, 그 어느 한 경우에, 아들은 어머니를 보고, 뭐 잡수시구 싶으신 거 없에요, 그렇게 묻는 일이 있었다.

어머니는 직업을 가지지 못한 아들이, 그래도 어떻게 몇 푼의 돈을 만들어, 자기에게 그런 말을 할 수 있는 것을 신기하게 기뻐하였다.

"어서 내 생각 말구, 네 양말이나 사 신어라."

그러면, 아들은 으레, 제 고집을 세웠다. 아들의 고집 센 것을, 물론 어머니는 좋게 생각 안 했다. 그러나 이러한 경우라면, 아들이 고집을 세우면 세울수록 어머니는 만족하였다. 어머니의 사랑은 보수를 원하지 않지만, 그래도 자식이 자기에게 대한 사랑을 보여줄 때, 그것은 어머니를 기쁘게 해준다.

대체 무얼 사줄 테냐, 뭐든 어머니 마음대로. 먹는 게 아니래도 좋으냐. 네. 그래 어머니는 에누리 없이 욕망을 말해본다.

"너, 나, 치마 하나 해주려무나."

아들이 흔연히 응낙하는 걸 보고,

"네 아주멈은 뭐 안 해주니?"

아들은 치마 두 감의 가격을 묻고, 그리고 갑자기 엄숙한 얼굴을 한다. 혹은 밤을 새우기까지 해 아들이 번 돈은, 결코 대단한 액수의 것이 아니었다. 그래, 어머니는 말한다.

"그럼 네 아주멈이나 해주렴."

아들은, 아니에요, 넉넉해요. 갖다 끊으세요. 그리고 돈을 내놓았다.

어머니는, 얼마를 주저한다. 그러나, 마침내, 그는 가장 자랑스러이 돈을 집어 들고, 애애 옷감 바꾸러 나가자, 아재비가 치마 허라고 돈을 주었다. 네 아재비가…… 그렇게 건넌방에서 재봉틀을 놀리고 있던 맏며느리를 신기하게 놀래어준다.

치마가 되면, 어머니는 그것을 입고, 나들이를 하였다.

일갓집 대청에 가 주인 아낙네와 마주 앉아, 갓난애같이 어머니는 치마 자랑할 기회를 엿본다. 주인마누라가, 섣불리, 참, 치마 좋은 거 해 입으셨구면, 이라고나 한다면, 어머니는 서슴지 않고,

"이거 내 둘째 아이가 해준 거죠. 제 아주멈 해하구, 이거하구……"

이렇게 묻지도 않은 말을 하였다. 어머니는 그것이 아들의 훌륭한 자랑거리라 생각하였다.

자식을 자랑할 때, 어머니는 얼마든지 뻔뻔스러울 수 있다.

그러나 그런 일은 늘 있을 수 없다. 어머니는 역시 글을 쓰는 것보다는 월급쟁이가 몇 곱절 낫다고 생각하고, 그리고 그렇게 재주 있는 내 아들은 무엇을 하든 잘하리라고 혼자 작정해 버린다. 아들은

지금 세상에서 월급 자리 얻기가 얼마나 힘든 것인가를 말한다. 하지만, 보통학교만 졸업하고도, 고등학교만 나오고도, 회사에서 관청에서 일들만 잘하고 있는 것을 알고 있는 어머니는, 고등학교를 졸업하고도, 또 동경엘 건너가 공불 하고 온 내 아들이, 구해도 일자리가 없다는 것이 도무지 믿어지지가 않았다.

구보는

집을 나와 천변 길을 광교로 향해 걸어가며, 어머니에게 단 한마디 "네—" 하고 대답 못 했던 것을 뉘우쳐본다. 하기야 중문을 여닫으며 구보는 "네—" 소리를 목구멍까지 내어보았던 것이나 중문과 안방과의 거리는 제법 큰 소리를 요구하였고, 그리고 공교롭게 활짝 열린 대문 앞을, 때마침 세 명의 여학생이 웃고 떠들며 지나갔다.

그렇더라도 대답은 역시 해야만 하였었다고, 구보는 어머니의 외로워할 때의 표정을 눈앞에 그려본다. 처녀들은 어느 틈엔가 그의 시야에서 사라졌다.

구보는 마침내 다리 모퉁이에까지 이르렀다. 그의 일 있는 듯싶게 꾸미는 걸음걸이는 그곳에서 멈추어진다. 그는 어딜 갈까, 생각해 본다. 모두가 그의 갈 곳이었다. 한 군데라 그가 갈 곳은 없었다.

한낮의 거리 위에서 구보는 갑자기 격렬한 두통을 느낀다. 비록 식욕은 왕성하더라도, 잠은 잘 오더라도, 그것은 역시 신경쇠약에 틀림없었다.

구보는 떠름한 얼굴을 해본다.

臭剝(취박) 4.0

臭那(취나) 2.0

臭安(취안) 2.0

若丁(약정) 4.0

水(물) 200.0

一日 三回分服 二日分(일일 삼회분복 이일분)

    그가 다니는 병원의 젊은 간호부가 반드시 "삼삐스이"라고 발음하
는 이 약은 그에게는 조그마한 효험도 없었다.

    그러자 구보는 갑자기 옆으로 몸을 비킨다. 그 순간 자전거가 그
의 몸을 가까스로 피해 지났다. 자전거 위의 젊은이는 모멸 가득한
눈으로 구보를 돌아본다. 그는 구보의 몇 칸통 뒤에서부터 요란스레
종을 울렸던 것임에 틀림없었다. 그것을 위험이 박두하였을 때에야
비로소 몸을 피할 수 있었던 것은 반드시 그가 '삼B水'의 처방을 외
우고 있었기 때문만이 아니었다.

    구보는, 자기의 왼편 귀 기능에 스스로 의혹을 갖는다. 병원의 젊
은 조수는 결코 익숙하지 못한 솜씨로 그의 귓속을 살피고, 그리고
대담하게도 그 안이 몹시 불결한 까닭 외에 아무 이상이 없다고 선
언하였다. 한 덩어리의 '귀지'를 갖기보다는 차라리 4주일간 치료
를 요하는 중이염을 앓고 싶다, 생각하는 구보는, 그의 선언에 무한
한 굴욕을 느끼며, 그래도 매일 신경질하게 귀 안을 소제하였었다.

    그러나, 구보는 다행하게도 중이 질환을 가진 듯싶었다. 어느 기회
에 그는 의학 사전을 뒤적거려 보고, 그리고 별 까닭도 없이 자기는

중이가답아(中耳可答兒)에 걸렸다고 혼자 생각하였다. 사전에 의하면 중이가답아에는 급성과 만성이 있고, 만성 중이가답아에는 또다시 이를 만성 건성과 만성 습성의 이자(二者)로 나눈다 하였는데, 자기의 이질은 그 만성 습성의 중이가답아에 틀림없다고 구보는 작정하고 있었다.

그러나 부실한 것은 그의 왼쪽 귀뿐이 아니었다. 구보는 그의 바른쪽 귀에도 자신을 갖지 못한다. 언제든 쉬이 전문의를 찾아보아야겠다고 생각은 하면서도, 일 년이나 그대로 내버려 둔 채 지내온 그는, 비교적 건강한 그의 바른쪽 귀마저, 또 한편 귀의 난청 보충으로 그 기능을 소모시키고, 그리고 불원한 장래에 '듄케르 청장관(聽長管)'이나 '전기보청기'의 힘을 빌리지 않으면 안 될지도 모른다.

구보는

갑자기 걸음을 걷기로 한다. 그렇게 우두커니 다리 곁에 가 서 있는 것의 무의미함을 새삼스러이 깨달은 까닭이다. 그는 종로 네거리를 바라보고 걷는다. 구보는 종로 네거리에 아무런 사무도 갖지 않는다. 처음에 그가 아무렇게나 내어놓았던 바른발이 공교롭게도 왼편으로 쏠렸기 때문에 지나지 않는다.

갑자기 한 사람이 나타나 그의 앞을 가로질러 지난다. 구보는 그 사내와 마주칠 것 같은 착각을 느끼고, 위태롭게 걸음을 멈춘다.

그리고 다음 순간, 구보는, 이렇게 대낮에도 조금의 자신을 가질 수 없는 자기의 시력을 저주한다. 그의 코 위에 걸려 있는 이십사 도의 안경은 그의 근시를 도와주었으나, 그의 망막에 나타나 있는 무수한 맹점을 제거하는 재주는 없었다. 총독부 병원 시대의 구보의 시력 검사표는 그저 그 우울한 '안과 재래(眼科在來)'의 책상 서랍 속에 들어 있을지도 모른다.

R, 4　　　　L, 3

구보는, 2주일간 열병을 앓은 끝에, 갑자기 쇠약해진 시력을 호소하러 처음으로 안과의와 대하였을 때의, 그 조그만 테이블 위에 놓여 있던 '시야 측정기'를 지금 기억하고 있다. 제 자신 강도(强度)의 안경을 쓰고 있던 의사는, 백묵을 가져, 그 위에 용서 없이 무수한 맹점을 찾아내었었다.

그래도, 구보는, 약간 자신이 있는 듯싶은 걸음걸이로 전차 선로를 두 번 횡단해 화신상회 앞으로 간다. 그리고 저도 모를 사이에 그의 발은 백화점 안으로 들어서기조차 하였다.

젊은 내외가, 너덧 살 되어 보이는 아이를 데리고 그곳에 가 승강기를 기다리고 있었다. 이제 그들은 식당으로 가서 그들의 오찬을 즐길 것이다. 흘낏 구보를 본 그들 내외의 눈에는 자기네들의 행복을 자랑하고 싶어 하는 마음이 엿보였는지도 모른다. 구보는, 그들을 업신여겨 볼까 하다가, 문득 생각을 고쳐, 그들을 축복해 주려

하였다. 사실, 사오 년 이상을 같이 살아왔으면서도, 오히려 새로운 기쁨을 가져 이렇게 거리로 나온 젊은 부부는 구보에게 좀 다른 의미로서의 부러움을 느끼게 하였는지도 모른다. 그들은 분명히 가정을 가졌고, 그리고 그들은 그곳에서 당연히 그들의 행복을 찾을 게다.

승강기가 내려와 서고, 문이 열려지고, 닫히고, 그리고 젊은 내외는 수남(壽男)이나 복동(福童)이와 더불어 구보의 시야를 벗어났다.

구보는 다시 밖으로 나오며, 자기는 어디 가 행복을 찾을까 생각한다. 발 가는 대로, 그는 어느 틈엔가 안전지대에 가 서서, 자기의 두 손을 내려다보았다. 한 손의 단장과 또 한 손의 공책과 – 물론 구보는 거기에서 행복을 찾을 수는 없다.

안전지대 위에, 사람들은 서서 전차를 기다린다. 그들에게, 행복은 알 수 없다. 그러나 그들은 분명히, 갈 곳만은 가지고 있었다.

전차가 왔다. 사람들은 내리고 또 탔다. 구보는 잠깐 멍하니 그곳에 서 있었다. 그러나 자기와 더불어 그곳에 있던 온갖 사람들이 모두 저 차에 오른다 보았을 때, 그는 저 혼자 그곳에 남아 있는 것에, 외로움과 애달픔을 맛본다. 구보는, 움직인 전차에 뛰어올랐다.

전차 안에서

구보는, 우선, 제 자리를 찾지 못한다. 하나 남았던 좌석은 그보다 바로 한 걸음 먼저 차에 오른 젊은 여인에게 점령당했다. 구보는, 차장대(車掌臺) 가까운 한구석에 가 서서, 자기는 대체, 이 동대문행 차를 어디까지 타고 가야 할 것인가를, 대체, 어느 곳에 행복은 자기를 기다리고 있을 것인가를 생각해 본다.

이제 이 차는 동대문을 돌아 경성운동장 앞으로 해서…… 구보는, 차장대, 운전대로 향한, 안으로 파란 융을 받쳐 댄 창을 본다. 전차과(電車課)에서는 그곳에 뉴스를 게시한다. 그러나 사람들은 요사이 축구도 야구도 하지 않는 모양이었다.

장충단으로. 청량리로. 혹은 성북동으로……. 그러나 요사이 구보는 교외를 즐기지 않는다. 그곳에는, 하여튼 자연이 있었고, 한적이 있었다. 그리고 고독조차 그곳에는, 준비되어 있었다. 요사이, 구보는 고독을 두려워한다.

일찍이 그는 고독을 사랑한 일이 있었다. 그러나 고독을 사랑한다는 것은 그의 심경의 바른 표현이 못 될 게다. 그는 결코 고독을 사랑하지 않았는지도 모른다. 아니 도리어 그는 그것을 그지없이 무서워하였는지도 모른다. 그러나 그는 고독과 힘을 겨루어, 결코 그것을 이겨내지 못하였다. 그런 때, 구보는 차라리 고독에게 몸을 떠맡겨 버리고, 그리고, 스스로 자기는 고독을 사랑하고 있는 것이라고 꾸며왔었는지도 모를 일이다…….

표, 찍읍쇼― 차장이 그의 앞으로 왔다. 구보는 단장을 왼팔에 걸고, 바지 주머니에 손을 넣었다. 그러나 그가 그 속에서 다섯 닢의 동전을 골라내었을 때, 차는 종묘 앞에 서고, 그리고 차장은 제자리로 돌아갔다.

구보는 눈을 떨어뜨려, 손바닥 위의 다섯 닢 동전을 본다. 그것들은 공교롭게도 모두가 뒤집혀 있었다. 대정(大正) 12년. 11년. 11년. 8년. 12년. 대정 54년, 구보는 그 숫자에서 어떤 한 개의 의미를 찾아내려 들었다. 그러나 그것은 부질없는 일이었고, 그리고 또 설혹 그 것이 무슨 의미를 가지고 있었다 하더라도, 그것은 적어도 '행복'은 아니었을 게다.

차장이 다시 그의 옆으로 왔다. 어디를 가십니까. 구보는 전차가 향해 가는 곳을 바라보며 문득 창경원에라도 갈까, 하고 생각한다. 그러나 그는 차장에게 아무런 사인도 하지 않았다. 갈 곳을 갖지 않 은 사람이, 한번, 차에 몸을 의탁하였을 때, 그는 어디서든 섣불리 내릴 수 없다.

차는 서고, 또 움직였다. 구보는 창밖을 내다보며, 문득, 대학병원 에라도 들를 것을 그랬나 해본다. 연구실에서, 벗은, 정신병을 공부 하고 있었다. 그를 찾아가, 좀 다른 세상을 구경하는 것은, 행복은 아니어도, 어떻든 한 개의 일일 수 있다……

구보가 머리를 돌렸을 때, 그는 그곳에, 지금 막 차에 오른 듯싶 은 한 여성을 보고, 그리고 신기하게 놀랐다. 집에 돌아가, 어머니에 게 오늘 전차에서 '그 색시'를 만났죠 하면, 어머니는 응당 반색을 하고, 그리고, "그래서 그래서?" 뒤를 캐어물을 게다. 그가 만약, 오 직 그뿐이라고라도 말한다면, 어머니는 실망하고, 그리고 그를 주변 머리 없다고 책할지도 모른다. 그러나 누가 그 일을 알고, 그리고 아 들을 졸(拙)하다고라도 말한다면, 어머니는, 내 아들은 원체 얌전해 서…… 그렇게 변호할 게다.

구보는 여자와 시선이 마주칠까 겁(怯)하여, 얼토당토않은 곳을 보 며, 저 여자는 내가 여기 있는 것을 보았을까, 하고 생각한다.

여자는

혹은, 그를 보았을지도 모른다. 전차 안에, 승객은 결코 많지 않았고, 그리고 자리가 몇 군데 비어 있음에도 불구하고, 구석에 가 서 있는 사람이란, 남의 눈에 띄기 쉽다. 여자는 응당 자기를 보았을 게다. 그러나, 여자는 능히 자기를 알아볼 수 있었을까. 그것은 의문이다. 작년 여름에 단 한 번 만났을 뿐으로, 이래 일 년간 길에서라도 얼굴을 대한 일이 없는 남자를, 그렇게 쉽사리 여자는 알아내지 못할 게다. 그러나, 자기가 기억하고 있는 여자에게, 자기의 기억이 없으리라고 생각하는 것은, 누구에게 있어서든, 외롭고 또 쓸쓸한 일이다. 구보는, 여자와의 회견 당시의 자기의 그 대담한, 혹은 뻔뻔스러운 태도와 화술이, 그에게 적잖이 인상 주었으리라고 생각하고, 그리고 여자는 때때로 자기를 생각해 주고 있었다고 믿고 싶었다.

그는 분명히 나를 보았고 그리고 나를 나라고 알았을 게다. 그러한 그는 지금 어떠한 느낌을 가지고 있을까, 그것이 구보는 알고 싶었다.

그는 결코 대담하지 못한 눈초리로, 비스듬히 두 칸통 떨어진 곳에 앉아 있는 여자의 옆얼굴을 곁눈질하였다. 그리고 다음 순간, 그와 눈이 마주칠 것을 겁하여 시선을 돌리며, 여자는 혹은 자기를 곁눈질한 남자의 꼴을, 곁눈으로 느꼈을지도 모르겠다고, 그렇게 생각하여 본다. 여자는 남자를 그 남자라 알고, 그리고 남자가 자기를 그 여자라 안 것을 알고 있을지도 모른다. 이러한 경우에, 나는 어떠한 태도를 취해야 마땅할까 하고, 구보는 그러한 것에 머리를 썼다. 알은체를 해야 옳을지도 몰랐다. 혹은 모른 체하는 게 정당한 인

사일지도 몰랐다. 그 둘 중에 어느 편을 여자는 바라고 있을까. 그 것을 알았으면, 하였다. 그러다가, 갑자기, 그러한 것에 마음을 태우고 있는 자기가 스스로 괴이하고 우스워, 나는 오직 요만 일로 이렇게 흥분할 수가 있었던가 하고 스스로를 의심해 보았다. 그러면 나는 마음속 그윽이 그를 생각하고 있었던지도 모르겠다고 생각해 보았다. 그러나 그가 여자와 한 번 본 뒤로, 이래 일 년간, 그를 일찍이 한 번도 꿈에 본 일이 없었던 것을 생각해 내었을 때, 자기는 역시 진정으로 그를 사랑하고 있는 것은 아닌지도 모르겠다고, 그러한 생각이 들었다. 만약 그렇다면 자기가 여자의 마음을 헤아려보고, 그리고 이리저리 공상을 달리고 하는 것은, 이를테면, 감정의 모독이었고, 그리고 일종의 죄악이었다.

그러나 만약 여자가 자기를 진정으로 그리고 있다면…….

구보가, 여자 편으로 눈을 주었을 때, 그러나, 여자는 자리에서 일어나 양산을 들고 차가 동대문 앞에 하차하기를 기다려 내려갔다. 구보의 마음은 또 한 번 동요하며, 창 너머로 여자가 청량리행 전차를 기다리느라, 그곳 안전지대로 가 서는 것을 보았을 때, 그는 자기도 차에서 곧 내리고 싶은 충동을 느꼈다. 그러나, 여자가 청량리행 전차 속에서 자기를 또 한 번 발견하고, 그리고 자기가 일도 없건만, 오직 여자와의 사이에 어떠한 기회를 엿보기 위해 그 차를 탄 것에 틀림없다는 것을 눈치챌 때, 여자는 그러한 자기를 얼마나 천박하게 생각할까. 그래, 구보가 망설거리는 동안, 전차는 달리고, 그들의 사이는 멀어졌다. 마침내 여자의 모양이 완전히 그의 시야에서 떠났을 때, 구보는 갑자기, 아차, 하고 뉘우친다.

행복은

그가 그렇게도 구해 마지않던 행복은, 그 여자와 함께 영구히 가버렸는지도 모른다. 여자는 자기에게 던져줄 행복을 가슴에 품고서, 구보가 마음의 문을 열어 가까이 와주기를 갈망하였는지도 모른다. 왜 자기는 여자에게 좀 더 대담하지 못하였나. 구보는, 여자가 가지고 있는 온갖 아름다운 점을 하나하나 헤어보며, 혹은 이 여자 말고 자기에게 행복을 약속해 주는 이는 없지나 않을까, 하고 그렇게 생각하였다.

방향판을 한강교로 갈고 전차는 훈련원을 지났다. 구보는 자리에 앉아, 주머니에서 5전 백동화(白銅貨)를 골라 꺼내면서, 비록 한 번도 꿈에 본 일은 없었더라도, 역시 그가 자기에게는 유일한 여자가 아닐까 하고 생각해 본다.

자기가, 그를, 그동안 대수롭지 않게 여겨왔던 것같이 생각하는 것은, 구보가 제 감정을 속인 것에 지나지 않을지도 모른다. 그가 여자를 만나보고 돌아왔을 때, 그는 집에서 아들을 궁금히 기다리고 있던 어머니에게 '그 여자면' 정도의 뜻을 표하였었던 것에 틀림없었다. 그러나 구보는, 어머니가 색싯집으로 솔직하게 구혼할 것을 금하였다. 그것은 허영심만에서 나온 일은 아니다. 그는 여자가 자기 생각을 안 하고 있는 경우에 객쩍게시리 여자를 괴롭혀 주고 싶지 않았던 까닭이다. 구보는 여자의 의사와 감정을 존중하고 싶었다.

그러나, 물론, 여자에게서는 아무런 말도 하여오지 않았다. 구보는, 여자가 은근히 자기에게서 무슨 말이 있기를 기다리고 있는 것이나 아닐까, 하고도 생각하여 보았다. 그러나 그런 것을 생각하는 것은 제 자신 우스운 일이다. 그러는 동안에, 날은 가고, 그리고 그것에 대한 흥미를 구보는 잃기 시작하였다. 혹시, 여자에게서라도 먼저 말이 있다면…… 그러면 구보는 다시 이 문제에 흥미를 가질 수 있을 게다. 언젠가 여자의 집과 어떻게 인척 관계가 있는 노(老)마나님이 와서 색싯집에서도 이편의 동정만 살피고 있는 듯싶더란 말을 들었을 때, 구보는 쓰디쓰게 웃고, 그리고 그것이 사실이라면, 그것은 희극이라느니보다는, 오히려 한 개의 비극이라고 생각하였다. 그러면서도 구보는 그 비극에서 자기네들을 구하기 위해 팔을 걷고 나서려 들지 않았다.

전차가 약초정(若草町) 근처를 지나갈 때, 구보는, 그러나, 그 흥분에서 깨어나, 뜻 모를 웃음을 입가에 띠어본다. 그의 앞에 어떤 젊은 여자가 앉아 있었다. 그 여자는 자기의 두 무릎 사이에다 양산을 놓고 있었다. 어느 잡지에선가, 구보는 그것이 비(非)처녀성을 나타내는 것임을 배운 일이 있다. 딴은, 머리를 틀어 올렸을 뿐이나, 그만한 나이로는 저 여인은 마땅히 남편을 가졌어야 옳을 게다. 아까, 그는 양산을 어디다 놓고 있었을까 하고, 구보는, 객쩍은 생각을 하다가, 여성에게 대해 그러한 관찰을 하는 자기는, 혹은 어떠한 여자를 아내로 삼든 반드시 불행하게 만들어주지나 않을까, 하고 생각하였다. 그러나 여자는 – 여자는 능히 자기를 행복되게 해줄 것인가. 구보는 자기가 알고 있는 온갖 여자를 차례로 생각해 보고, 그리고 가만히 한숨지었다.

일찍이

구보는, 벗의 누이에게 짝사랑을 느낀 일이 있었다. 어느 여름날 저녁, 그가 벗을 찾았을 때, 문간으로 그를 응대하러 나온 벗의 누이는, 혹은 정말, 나어린 구보가 동경의 마음을 갖기에 알맞도록 아름답고, 깨끗하였는지도 모른다. 열다섯 살짜리 문학 소년은 그를 사랑하고 싶다 생각하고, 뒷날 그와 결혼할 수 있다 하면, 응당 자기는 행복이리라 생각하고, 자주 벗을 찾아가 그와 만날 기회를 엿보고, 혹 만나면 저 혼자 얼굴을 붉히고, 그리고 돌아와 밤늦게 여러 편의 연애시를 초(草)하였다. 그러니, 그가 자기보다 세 살이나 위라는 것을 생각할 때, 구보의 마음은 불안하였다. 자기가 한 여자의 앞에서 자기의 사랑을 고백해도 결코 서투르지 않을 나이가 되었을 때, 여자는, 이미, 그 전에, 다른, 더 나이 먹은 이의 사랑을 용납해 버릴 게다.

그러나 구보가 그것에 대하여 아무런 대책도 강구할 수 있기 전에, 여자는, 참말, 나이 먹은 남자의 품으로 갔다. 열일곱 살 먹은 구보는, 자기의 마음이 퍽이나 괴롭고 슬픈 것같이 생각하려 들고, 그리고, 그러면서도, 그들의 행복을, 특히 남자의 행복을, 빌려 들었다. 그러한 감정은 그가 읽은 문학서류(類)에 얼마든지 씌어 있었다. 결혼 비용 삼천 원. 신혼여행은 동경으로. 관수동에 그들 부처를 위해 개축된 집은 행복을 보장하는 듯싶었다.

이번 봄에 들어서서, 구보는 벗과 더불어 그들을 찾았다. 이미 두 아이의 어머니인 여인 앞에서, 구보는 얼굴을 붉히는 일 없이 평범한 이야기를 서로 할 수 있었다. 구보가 일곱 살 먹은 사내아이를 영리하다고 칭찬하였을 때, 젊은 어머니는, 그러나 그 애가 이 골목 안에서는 그중 나이 어림을 말하고, 그리고 나이 먹은 아이들이란, 저희보다 적은 아이에게 대해 얼마든지 교활할 수 있음을 한탄하였다. 언제든 딱지를 가지고 나가서는 최후의 한 장까지 빼앗기고 들어오는 아들이 민망해, 하루는 그 뒤에 연필로 하나하나 표를 해주고 그것을 또 다 잃고 돌아왔을 때, 그는 골목 안의 아이들을 모아, 그들이 가지고 있는 딱지에서 원래의 내 아이 물건을 가려내어, 거의 모조리 회수할 수 있었다는 이야기를, 젊은 어머니는 일종의 자랑조차 가지고 구보에게 들려주었었다……

구보는 가만히 한숨짓는다. 그가 그 여인을 아내로 삼을 수 없었던 것은, 결코 불행이 아니었다. 그러한 여인은, 혹은, 한평생을 두고, 구보에게 행복이 무엇임을 알 기회를 주지 않았을지도 모른다.

조선은행 앞에서 구보는 전차를 내려, 장곡천정(長谷川町)으로 향한다. 생각에 피로한 그는 이제 마땅히 다방에 들러 한 잔의 홍차를 즐겨야 할 것이다.

몇 점이나 되었나. 구보는, 그러나, 시계를 갖지 않았다. 갖는다면, 그는 우아한 회중시계를 택할 게다. 팔뚝시계는 ─ 그것은 소녀취미에나 맞을 게다. 구보는 그렇게도 팔뚝시계를 갈망하던 한 소녀를 생각하였다. 그는 동리에 전당(典當) 나온 십팔금 팔뚝시계를 탐내고 있었다. 그것은 4원 80전에 구할 수 있었다. 그리고, 그는, 그 시계 말고, 치마 하나를 해 입을 수 있을 때에, 자기는 행복의 절정에 이를 것같이 생각하고 있었다.

벰베르구 실로 짠 보이루 치마. 3원 60전. 하여튼 8원 40전이 있으면, 그 소녀는 완전히 행복일 수 있었다. 그러나, 구보는, 그 결코 크지 못한 욕망이 이루어졌음을 듣지 못했다.

구보는, 자기는, 대체, 얼마를 가져야 행복일 수 있을까 생각해 본다.

다방의

오후 두 시, 일을 가지지 못한 사람들이 그곳 등의자에 앉아, 차를 마시고, 담배를 태우고, 이야기를 하고, 또 레코드를 들었다. 그들은 거의 다 젊은이들이었고, 그리고 그 젊은이들은 그 젊음에도 불구하고, 이미 자기네들은 인생에 피로한 것같이 느꼈다. 그들의 눈은 그 광선이 부족하고 또 불균등한 속에서 쉴 새 없이 제각각의 우울과 고달픔을 하소연한다. 때로, 탄력 있는 발소리가 이 안을 찾아들고, 그리고 호화로운 웃음소리가 이 안에 들리는 일이 있었다. 그러나 그것들은 이곳에 어울리지 않았고, 그리고 무엇보다도 다방에 깃들인 무리들은 그런 것을 업신여겼다.

구보는 아이에게 한 잔의 가배차와 담배를 청하고 구석진 등탁자로 갔다. 나는 대체 얼마가 있으면 - 그의 머리 위에 한 장의 포스터가 걸려 있었다. 어느 화가의 〈도구유별전(渡歐留別展)〉. 구보는 자기에게 양행비(洋行費)가 있으면, 적어도 지금 자기는 거의 완전히 행복일 수 있으리라 생각한다. 동경에라도 - 동경도 좋았다. 구보는 자기가 떠나온 뒤의 변한 동경이 보고 싶다 생각한다. 혹은 더 좀 가까운 데라도 좋았다. 지극히 가까운 데라도 좋았다. 오십 리 이내의 여정에 지나지 않더라도, 구보는, 조그만 슈트케이스를 들고 경성역에 섰을 때, 응당 자기는 행복을 느끼리라 믿는다. 그것은 금전과 시간이 주는 행복이다. 구보에게는 언제든 여정에 오르려면, 오를 수 있는 시간의 준비가 있었다…….

구보는 차를 마시며, 약간의 금전이 가져다줄 수 있는 온갖 행복을 손꼽아 보았다. 자기도, 혹은, 8원 40전을 가지면, 우선, 조그만 한 개의, 혹은, 몇 개의 행복을 가질 수 있을 게다. 구보는, 그러한 제 자신을 비웃으려 들지 않았다. 오직 고만한 돈으로 한때, 만족할 수 있는 그 마음은 애달프고 또 사랑스럽지 않은가.

구보는 담배에 불을 붙이며 자기가 원하는 최대의 욕망은 대체 무엇일꼬, 하였다. 석천탁목(石川啄木)은, 화롯가에 앉아 곰방대를 닦으며, 참말로 자기가 원하는 것이 무엇일꼬, 생각하였다. 그러나 그것은 있을 듯하면서도 없었다. 혹은, 그럴 게다. 그러나 구태여 말해, 말할 수 없을 것도 없을 게다. 願車馬衣經裘 與朋友共 敝之而無憾(원거마의경구 여붕우공 폐지이무감)은 자로(子路)의 뜻이요, 座上客常滿 樽中酒不空(좌상객상만 준중주불공)은 공융(孔融)의 원하는 바였다. 구보는, 저도 역시, 좋은 벗들과 더불어 그 즐거움을 함께하였으면 한다.

갑자기 구보는 벗이 그리워진다. 이 자리에 앉아 한 잔의 차를 나누며, 또 같은 생각 속에 있고 싶다 생각한다…….

구둣발 소리가 바깥 포도(鋪道)를 걸어와, 문 앞에 서고, 그리고 다음에 소리도 없이 문이 열렸다. 그러나 그는 구보의 벗이 아니었다. 뿐만 아니라, 두 사람의 시선이 마주쳤을 때, 두 사람은 거의 일시에 머리를 돌리고 그리고 구보는 그의 고요한 마음속에 음울을 갖는다.

그 사내와,

구보는, 일찍이, 인사를 한 일이 있었다. 그러나, 그것은 공교롭게도 어두운 거리에서였다. 한 벗이 그를 소개하였다. 말씀은 많이 들었습니다, 하고 그는 말하였었다. 사실 그는 구보의 이름과 또 얼굴을 전부터 알고 있었던 것임에 틀림없었다. 그러나 구보는, 구보는 그를 몰랐다. 모른 채 어두운 곳에서 그대로 헤어져 버린 구보는 뒤에 그를 만나도, 그를 그리고 알아내지 못하였다. 그 사내는 구보가 자기를 보고도 알은체 안 하는 것에 응당 모욕을 느꼈을 게다. 자기를 자기라 알고도 모르는 체하는 것이라 생각할 때, 그 마음은 평온할 수 없었을 게다. 그러나 구보는, 구보는 몰랐고, 모르면 태연할 수 있다. 자기를 볼 때마다 황당하게, 또 불쾌하게 시선을 돌리는 그 사내를, 구보는 오직 괴이하게만 여겨왔다. 괴이하게만 여겨오는 동안은 그래도 좋았다. 마침내 구보가 그를 그리고 알아낼 수 있었을 때, 그것은 그의 마음에 암영(暗影)을 주었다. 그 뒤부터 구보는 그 사내와 시선이 마주치면, 역시 당황하게, 그리고 불안하게 고개를 돌리는 수밖에 없었다. 그것은 사람의 마음을 우울하게 해놓는다. 구보는 다방 안의 한 구획을 그의 시야 밖에 두려 노력하며, 사람과 사람 사이의 교섭의 번거로움을 새삼스러이 느끼지 않으면 안 된다.

구보는 백동화를 두 푼, 탁자 위에 놓고, 그리고 공책을 들고 그 안을 나왔다. 어디로―. 그는 우선 부청(府廳) 쪽으로 향해 걸으며, 아무튼 벗의 얼굴을 보고 싶다, 생각하였다. 구보는 거리의 순서로 벗들을 마음속에 헤아려보았다. 그러나 이 시각에 집에 있을 사람은 하나도 없을 듯싶었다. 어디로―, 구보는 한길 위에 서서, 넓은 마당 건너 대한문을 바라본다. 아동 유원지 유동 의자(遊動椅子)에라도 앉아서…… 그러나 그 빈약한, 너무나, 빈약한 옛 궁전은, 역시 사람의 마음을 우울하게 해주는 것임에 틀림없었다.

구보가 다 탄 담배를 길 위에 버렸을 때, 그의 옆에 아이가 와 선다. 그는 구보가 다방에 놓아둔 채 잊어버리고 나온 단장을 들고 있었다. 고맙다. 구보는 그렇게도 방심한 제 자신을 쓰게 웃으며, 달음질해 다방으로 돌아가는 아이의 뒷모양을 이윽히 바라보고 있다가, 자기도 그 길을 되걸어갔다.

다방 옆 골목 안. 그곳에서 젊은 화가는 골동점을 경영하고 있었다. 구보는 그 방면에 대한 지식을 갖지 않는다. 그러나, 하여튼, 그것은 그의 취미에 맞았고, 그리고 기회 있으면 그 방면의 이야기를 듣고 싶다, 생각한다. 온갖 지식이 소설가에게는 필요하다.

그러나 벗은 점에 있지 않았다. 바로 지금 나가셨습니다. 그리고 기둥에 걸린 시계를 쳐다보며,

"한 십 분, 됐을까요."

점원은 덧붙여 말하였다.

구보는 골목을 전찻길로 향해 걸어 나오며, 그 십 분이란 시간이

얼마만 한 영향을 자기에게 줄 것인가, 생각한다.

한길 위에 사람들은 바쁘게 또 일 있게 오고 갔다. 구보는 포도 위에 서서, 문득, 자기도 창작을 위해 어디, 예(例)하면 서소문정 방면이라도 답사할까 생각한다. 모데로노로지오를 게을리하기 이미 오래다.

그러나, 그러한 생각과 함께 구보는 격렬한 두통을 느끼며, 이제 한 걸음도 더 옮길 수 없을 것 같은 피로를 전신에 깨닫는다. 구보는 얼마 동안을 망연히 그곳, 한길 위에 서 있었다…….

얼마 있다,

구보는 다시 걷기로 한다. 여름 한낮의 뙤약볕이 맨머릿바람의 그에게 현기증을 주었다. 그는 그곳에 더 그렇게 서 있을 수 없다. 신경 쇠약. 그러나 물론, 쇠약한 것은 그의 신경뿐이 아니다. 이 머리를 가져, 이 몸을 가져, 대체 얼마만 한 일을 나는 하겠단 말인고—. 때마침 옆을 지나는 장년의, 그 정력가형 육체와 탄력 있는 걸음걸이에 구보는, 일종 위압조차 느끼며, 문득, 아홉 살 때에 집안 어른의 눈을 기어 〈춘향전〉을 읽었던 것을 뉘우친다. 어머니를 따라 일갓집에 갔다 와서, 구보는 저도 얘기책이 보고 싶다 생각하였다. 그러나 집안에서는 그것을 금했다. 구보는 남몰래 안잠자기에게 문의하였다. 안잠자기는 세책(貰册)집에는 어떤 책이든 있다는 것과, 일 전이면 능히 한 권을 세내 올 수 있음을 말하고, 그러나 꾸중 들우. 그리고 다음에, 재밌긴 〈춘향전〉이 제일이지, 그렇게 그는 혼잣말을 하였었다. 한 분(分)의 동전과 한 개의 주발 뚜껑, 그것들이, 17년 전의 그것들이, 뒤에 온, 그리고 또 올, 온갖 것의 근원이었을지도 모른다. 자기 전에 읽던 얘기책들. 밤을 새워 읽던 소설책들. 구보의 건강은 그의 소년 시대에 결정적으로 손상되었던 것임에 틀림없다⋯⋯.

변비. 요의빈삭(尿意頻數). 피로. 권태. 두통. 두중(頭重). 두압(頭壓). 삼전정마(森田正馬) 박사의 단련 요법⋯⋯ 그러한 것은 어떻든, 보잘 것없는, 아니, 그 살풍경하고 또 어수선한 태평통(太平通)의 거리는 구보의 마음을 어둡게 한다. 그는 저, 불결한 고물상들을 어떻게 이 거리에서 쫓아낼 것인가를 생각하며, 문득, 반자의 무늬가 눈에 시끄럽다고, 양지(洋紙)로 반자를 발라버렸던 서해도 역시 신경쇠약이 었음에 틀림없었다고, 이름 모를 웃음을 입가에 띠어보았다. 서해의 너털웃음. 그것도 생각해 보면, 역시, 공허한, 적막한 음향이었다.

구보는 고인에게서 받은 〈홍염(紅焰)〉을, 이제도록 한 페이지도 들 춰보지 않았던 것을 생각해 내고, 그리고 딱한 표정을 지었다. 그가 읽지 않은 것은 오직 서해의 작품뿐이 아니다. 독서를 게을리하기 이미 3년. 언젠가 구보는 지식의 고갈을 느끼고 악연하였다.

갑자기 한 젊은이가 구보의 시야에 들어왔다. 그는 구보가 향해 걸어가고 있는 곳에서 왔다. 구보는 그를 어디서 본 듯싶었다. 자기 가 마땅히 알아보아야만 할 사람인 듯싶었다. 마침내 두 사람의 거 리가 한 칸통으로 단축되었을 때, 문득 구보는 어린 시절을 회상하 고, 그리고 그곳에 옛 동무를 발견한다. 그리운 옛 시절, 그리운 옛 동무, 그들은 보통학교를 나온 채 이제도록 한 번도 못 만났다. 그래 도 구보는 그 동무의 이름까지 기억 속에서 찾아낸다.

그러나 옛 동무는 너무나 영락하였다. 모시 두루마기에 흰 고무신, 오직 새로운 맥고모자를 쓴 그의 행색은 너무나 초라하다. 구보는 망설거린다. 그대로 모른 체하고 지날까. 옛 동무는 분명히 자기를 알아본 듯싶었다. 그리고, 구보가 자기를 알아볼 것을 두려워하는 듯싶었다. 그러나 마침내 두 사람이 서로 지나치는, 그 마지막 순간을 포착하여, 구보는 용기를 내었다.

"이거 얼마 만이야, 유군."

그러나 벗은 순간에 약간 얼굴조차 붉히며,

"네, 참 오래간만입니다."

"그동안 서울에, 늘, 있었어?"

"네."

구보는 다음에 간신히,

"어째서 그렇게 뵈올 수 없었에요?"

한마디를 하고, 그리고 서운한 감정을 맛보며, 그래도 또 무슨 말이든 하고 싶다 생각할 때, 그러나 벗은, 그만 실례합니다. 그렇게 말하고, 그리고 구보의 앞을 떠나, 저 갈 길을 가버린다.

구보는 잠깐 그곳에 섰다가 다시 고개 숙여 걸으며 울 것 같은 감정을 스스로 억제하지 못한다.

조그만

한 개의 기쁨을 찾아, 구보는 남대문을 안으로 밖으로 나가보기로 한다. 그러나 그곳에는 불어 드는 바람도 없이 양옆에 웅숭그리고 앉아 있는 서너 명의 지게꾼들의 그 모양이 맥없다.

구보는 고독을 느끼고, 사람들 있는 곳으로, 약동하는 무리들이 있는 곳으로, 가고 싶다 생각한다. 그는 눈앞에 경성역을 본다. 그곳에는 마땅히 인생이 있을 게다. 이 낡은 서울의 호흡과 또 감정이 있을 게다. 도회의 소설가는 모름지기 이 도회의 항구와 친해야 한다. 그러나 물론 그러한 직업의식은 어떻든 좋았다. 다만 구보는 고독을 삼등 대합실 군중 속에 피할 수 있으면 그만이다.

그러나 오히려 고독은 그곳에 있었다. 구보가 한옆에 끼어 앉을 수도 없게시리 사람들은 그곳에 빽빽하게 모여 있어도, 그들의 누구에게서도 인간 본래의 온정을 찾을 수는 없었다. 그네들은 거의 옆의 사람에게 한마디 말을 건네는 일도 없이, 오직 자기네들 사무에 바빴고, 그리고 간혹 말을 건네도, 그것은 자기네가 타고 갈 열차의 시각이나 그러한 것에 지나지 않았다. 그네들의 동료가 아닌 사람에게 그네들은 변소에 다녀올 동안의 그네들 짐을 부탁하는 일조차 없었다. 남을 결코 믿지 않는 그네들의 눈은 보기에 딱하고 또 가엾었다.

구보는 한구석에 가 서서, 그의 앞에 앉아 있는 노파를 본다. 그는 뉘 집에 드난을 살다가 이제 늙고 또 쇠잔한 몸을 이끌어, 결코 넉넉하지 못한 어느 시골, 딸네 집이라도 찾아가는지 모른다. 이미 굳어버린 그의 안면 근육은 어떠한 다행한 일에도 펴질 턱 없고, 그리고 그의 몽롱한 두 눈은 비록 그의 딸의 그지없는 효양(孝養)을 가지고도 감동시킬 수 없을지 모른다. 노파 옆에 앉은 중년의 시골 신사는 그의 시골서 조그만 백화점을 경영하고 있을 게다. 그의 점포에는 마땅히 주단포목도 있고, 일용 잡화도 있고, 또 흔히 쓰이는 약품도 갖추어 있을 게다. 그는 이제 그의 옆에 놓인 물품을 들고 자랑스러이 차에 오를 게다. 구보는 그 시골 신사가 노파와 사이에 되도록 간격을 가지려고 노력하는 것을 발견하고, 그리고 그를 업신여겼다. 만약 그에게 얕은 지혜와 또 약간의 용기를 주면 그는 삼등 승차권을 주머니 속에 간수하고, 일·이등 대합실에 오만하게 자리 잡고 앉을 게다.

문득 구보는 그의 얼굴에 부종(浮腫)을 발견하고 그의 앞을 떠났다. 신장염. 그뿐 아니라, 구보는 자기 자신의 만성 위확장을 새삼스러이 생각해 내지 않으면 안 되었다. 그러나 구보가 매점 옆에까지 갔었을 때, 그는 그곳에서도 역시 병자를 보지 않으면 안 되었다. 사십여 세의 노동자. 전경부(前頸部)의 광범한 팽륭(澎隆). 돌출한 안구. 또 손의 경미한 진동. 분명히 바세도우씨병. 그것은 누구에게든 결코 깨끗한 느낌을 주지는 못한다. 그의 좌우에는 좌석이 비어 있어도 사람들은 그곳에 앉으려 들지 않는다. 뿐만 아니라, 그에게서 두 칸통 떨어진 곳에 있던 아이 업은 젊은 아낙네가 그의 바스켓 속에서 꺼내다 잘못하여 시멘트 바닥에 떨어뜨린 한 개의 복숭아가, 굴러 병자의 발 앞에까지 왔을 때, 여인은 그것을 쫓아와 집기를 단념하기조차 하였다.

구보는 이 조그만 사건에 문득, 흥미를 느끼고, 그리고 그의 '대학 노트'를 펴 들었다. 그러나 그가 문 옆에 기대어 섰는 캡 쓰고 린네르 쓰메에리 양복 입은 사내의, 그 온갖 사람에게 의혹을 갖는 두 눈을 발견하였을 때, 구보는 또다시 우울 속에 그곳을 떠나지 않으면 안 된다.

개찰구 앞에

두 명의 사내가 서 있었다. 낡은 파나마에 모시 두루마기 노랑 구두를 신고, 그리고 손에 조그만 보따리 하나도 들지 않은 그들을, 구보는, 확신을 가져 무직자라고 단정한다. 그리고 이 시대의 무직자들은, 거의 다 금광 브로커에 틀림없었다. 구보는 새삼스러이 대합실 안팎을 둘러본다. 그러한 인물들은, 이곳에도 저곳에도 눈에 띄었다.

황금광 시대(黃金狂時代).

저도 모를 사이에 구보의 입술은 무거운 한숨이 새어 나왔다. 황금을 찾아, 황금을 찾아, 그것도 역시 숨김없는 인생의, 분명히, 일면이다. 그것은 적어도, 한 손에 단장과 또 한 손에 공책을 들고, 목적 없이 거리로 나온 자기보다는 좀 더 진실한 인생이었을지도 모른다. 시내에 산재한 무수한 광무소(鑛務所). 인지대 100원. 열람비 5원. 수수료 10원. 지도대 18전…… 출원 등록된 광구, 조선 전토(全土)의 7할. 시시각각으로 사람들은 졸부가 되고, 또 몰락해 갔다. 황금광 시대. 그들 중에는 평론가와 시인, 이러한 문인들조차 끼어 있었다. 구보는 일찍이 창작을 위해 그의 벗의 광산에 가보고 싶다 생각하였다. 사람들의 사행심, 황금의 매력, 그러한 것들을 구보는 보고, 느끼고, 하고 싶었다. 그러나, 고도의 금광열은, 오히려, 총독부 청사,

동측 최고층, 광무과 열람실에서 볼 수 있었다…….

문득, 한 사내가 둥글넓적한, 그리고 또 비속한 얼굴에 웃음을 띠고, 구보 앞에 그의 모양 없는 손을 내민다. 그도 벗이라면 벗이었다. 중학 시대의 열등생. 구보는 그래도 약간 웃음에 가까운 표정을 지어 보이고, 그리고, 단장 든 손을 그대로 내밀어 그의 손을 가장 엉성하게 잡았다. 이거 얼마 만이야. 어디, 가나. 응, 자네는—.

구보는 친하지 않은 사람에게 '자네' 소리를 들으면 언제든 불쾌하였다. '해라'는, 해라는 오히려 나왔다. 그 사내는 주머니에서 금시계를 꺼내 보고, 다음에 구보의 얼굴을 쳐다보며, 서기 가서 차라도 안 먹으려나. 전당포집의 둘째 아들. 구보는 그러한 사내와 자리를 같이해 차를 마실 생각은 없었다. 그러나, 그러한 경우에 한 개의 구실을 지어, 그 호의를 사절할 수 있도록 구보는 용감하지 못하다. 그 사내는 앞장을 섰다. 자아 그럼 저리로 가지. 그러나 그것은 구보에게만 한 말이 아니었다.

구보는 자기 뒤를 따라오는 한 여성을 보았다. 그는 한번 흘낏 보기에도, 한 사내의 애인 된 티가 있었다. 어느 틈엔가 이런 자도 연애를 하는 시대가 왔나. 새삼스러이 그 천한 얼굴이 쳐다보였으나, 그러나 서정 시인조차 황금광으로 나서는 때다.

의자에 가 가장 자신 있이 앉아, 그는 주문 들으러 온 소녀에게, 나는 가루삐스. 그리고 구보를 향해, 자네두 그걸루 하지. 그러나 구보는 거의 황급하게 고개를 흔들고, 나는 홍차나 커피로 하지.

음료 칼피스를, 구보는, 좋아하지 않는다. 그것은 외설한 색채를 갖는다. 또, 그 맛은 결코 그의 미각에 맞지 않았다. 구보는 차를 마시며, 문득, 끽다점(喫茶店)에서 사람들이 취하는 음료를 가져, 그들의 성격, 교양, 취미를 어느 정도까지 알 수 있을 것이 아닌가, 하고 생각하여 본다. 그리고 그것은 동시에, 그네들의 그때, 그때의 기분조차 표현하고 있을 게다.

구보는 맞은편에 앉은 사내의, 그 교양 없는 이야기에 건성 맞장구를 치며, 언제든 그러한 것을 연구해 보리라 생각한다.

월미도로

놀러 가는 듯싶은 그들과 헤어져, 구보는 혼자 역 밖으로 나온다. 이러한 시각에 떠나는 그들은 적어도 오늘 하루를 그곳에서 묵을 게다. 구보는, 문득, 여자의 발가숭이를 아무 서리낌 없이 애무할 그 남자의, 야비한 웃음으로 하여 좀 더 추악해진 얼굴을 눈앞에 그려 보고, 그리고 마음이 편안하지 못했다.

여자는, 여자는 확실히 어여뻤다. 그는, 혹은, 구보가 이제까지 어여쁘다고 생각해 온 온갖 여인들보다도 좀 더 어여뻤을지도 모른다. 그뿐 아니다. 남자가 같이 가루삐스를 먹자고 권하는 것을 물리치고, 한 접시의 아이스크림을 지망할 수 있도록 여자는 총명하였다.

문득, 구보는, 그러한 여자가 왜 그자를 사랑하려 드나, 또는 그자의 사랑을 용납하는 것인가 하고, 그런 것을 괴이하게 여겨본다. 그것은, 그것은 역시 황금 까닭일 게다. 여자들은 그렇게도 쉽사리 황금에서 행복을 찾는다. 구보는 그러한 여자를 가엾이, 또 안타깝게 생각하다가, 갑자기 그 사내의 재력을 탐내본다. 사실, 같은 돈이라도 그 사내에게 있어서는 헛되이, 그리고 또 아깝게 소비되어 버릴 게다. 그는 날마다 기름진 음식이나 실컷 먹고, 살찐 계집이나 즐기고, 그리고 아무 앞에서나 그의 금시계를 꺼내 보고는 만족해할게다.

일순간, 구보는, 그 사내의 손으로 소비되어 버리는 돈이, 원래 자기의 것이나 되는 것같이 입맛을 다셔보았으나, 그 즉시, 그러한 제 자신을 픽 웃고, 내가 언제부터 이렇게 돈에 걸신이 들렸누…… 단장 끝으로 구두코를 탁 치고, 그리고 좀 더 빠른 걸음걸이로 전차 선로를 횡단해, 구보는 포도 위를 걸어갔다.

그러나 여자는 확실히 어여뻤고, 그리고 또…… 구보는, 갑자기 그 여자가 이미 오래전부터 그자에게 몸을 허락하여 온 것이나 아닐까, 생각하였다. 그것은 생각만 해볼 따름으로 그의 마음을 언짢게 하여준다. 역시, 여자는 결코 총명하지 못했다. 또 생각하여 보면 어딘지 모르게 저속한 맛이 있었다. 결코 기품 있는 인물이 아니다. 그저 좀 예쁠 뿐…….

그러나 그 여자가 그자에게 쉽사리 미소를 보여주었다고 새삼스러이 여자의 값어치를 깎을 필요는 없었다. 남자는 여자의 육체를 즐기고, 여자는 남자의 황금을 소비하고, 그리고 두 사람은 충분히 행복일 수 있을 게다. 행복이란 지극히 주관적인 것이다…….

어느 틈엔가, 구보는 조선은행 앞에까지 와 있었다. 이제 이대로, 이대로 집으로 돌아갈 마음은 없었다. 그러면, 어디로―. 구보가 또다시 고독과 피로를 느꼈을 때, 약칠해 신으시죠 구두에. 구보는 혐오의 눈을 가져 그 사내를, 남의 구두만 항상 살피며, 그곳에 무엇이든 결점을 잡아내고야 마는 그 사나이를 흘겨보고, 그리고 걸음을 옮겼다. 일면식도 없는 나의 구두를 비평할 권리가 그에게 있기라도 하단 말인가. 거리에서 그에게 온갖 종류의 불유쾌한 느낌을 주는, 온갖 종류의 사물을 저주하고 싶다, 생각하며, 그러나, 문득, 구보는 이러한 때, 이렇게 제 몸을 혼자 두어두는 것에 위험을 느낀다. 누구든 좋았다. 벗과, 벗과 같이 있을 때, 구보는 얼마쯤 명랑할 수 있었다. 혹은 명랑을 가장할 수 있었다.

마침내, 그는 한 벗을 생각해 내고, 길가 양복점으로 들어가 전화를 빌렸다. 다행하게도 벗은 아직 사(社)에 남아 있었다. 바로 지금 나가려든 차야 하고, 그는 말했다.

구보는 그에게 부디 다방으로 와주기를 청하고, 그리고 잠깐 또 할 말을 생각하다가, 저편에서 전화를 끊어버릴 것을 염려해 당황하게 덧붙여 말했다.

"꼭 좀, 곧 좀, 오―"

다행하게도

다시 돌아간 다방 안에, 사람들은 많지 않았다. 또, 문득, 생각하고 둘러보아, 그 벗 아닌 벗도 그곳에 있지 않았다. 구보는 카운터 가까이 자리를 잡고 앉아, 마침, 자기가 사랑하는 스키퍼의 〈아이 아이 아이〉를 들려주는 이 다방에 애정을 갖는다. 그것이 허락받을 수 있는 것이라면 그는 지금 앉아 있는 등의자를 안락의자로 바꾸어, 감미한 오수를 즐기고 싶다, 생각한다. 이제 그는 그의 앞에, 아

까의 신기료장수를 보더라도, 고요한 마음을 가져 그를 용납해 줄
수 있을 게다.

조그만 강아지가, 저편 구석에 앉아, 토스트를 먹고 있는 사내의
그리 대단하지도 않은 구두코를 핥고 있었다. 그 사내는 발을 뒤
로 무르며, 쉬쉬 강아지를 쫓았다. 강아지는 연해 꼬리를 흔들며 잠
깐 그 사내의 얼굴을 쳐다보다가, 돌아서서 다음 탁자 앞으로 갔다.
그곳에 앉아 있는 젊은 여자는, 그는 확실히 개를 무서워하는 듯싶
었다. 다리를 잔뜩 옹크리고 얼굴빛조차 변해가지고, 그는 크게 뜬
눈으로 개의 동정만 살폈다. 개는 여진히 꼬리를 흔들며 그러나, 저
를 귀해주고 안 해주는 사람을 용하게 가릴 줄이나 아는 듯이, 그곳
에 오래 머무르지 않고, 또 옆 탁자로 갔다. 그러나 구보가 앉아 있
는 자리에서는 그곳이 잘 안 보였다. 어떠한 대우를 그 가엾은 강아
지가 그곳에서 받았는지 그는 모른다. 그래도 어떻든 만족한 결과는
아니었던 게다. 강아지는 다시 그곳을 떠나, 이제는 사람들의 사랑
을 구하기를 아주 단념이나 한 듯이 구보에게서 한 칸통쯤 떨어진
곳에 가 네 발을 쭉 뻗고 모로 쓰러져 버렸다.

강아지의 반쯤 감은 두 눈에는 고독이 숨어 있는 듯싶었다. 그리
고 그와 함께, 모든 것에 대한 단념도 그곳에 있는 듯싶었다. 구보는
그 강아지를 가엾다, 생각한다. 저를 사랑하는 사람이 단 한 사람일
지라도 이 다방 안에 있음을 알려주고 싶다, 생각한다. 그는, 문득,
자기가 이제까지 한 번도 그의 머리를 쓰다듬어 준다거나, 또는 그
가 핥는 대로 손을 맡겨둔다거나, 그러한 그에 대한 사랑의 표현을
한 일이 없었던 것을 생각해 내고, 손을 내밀어 그를 불렀다. 사람

들은 이런 경우에 휘파람을 분다. 그러나 원래 구보는 휘파람을 안 분다. 잠깐 궁리하다가, 마침내 그는 개에게만 들릴 정도로 "캄, 히어" 하고 말해본다.

강아지는 영어를 해득(解得)하지 못하는지도 모른다. 머리를 들어 구보를 쳐다보고, 그리고 아무 흥미도 느낄 수 없는 듯이 다시 머리를 떨어뜨렸다. 구보는 의자 밖으로 몸을 내밀어, 조금 더 큰 소리로, 그러나 한껏 부드럽게, 또 한 번, "캄, 히어" 그리고 그것을 번역하였다. "이리 온." 그러나 강아지는 먼젓번 동작을 또 한 번 되풀이하였을 따름, 이번에는 입을 벌려 하품 비슷한 짓을 하고, 아주 눈까지 감는다.

구보는 초조와, 또 일종 분노에 가까운 감정을 맛보며, 그래도 그것을 억제하고, 이번에는 완전히 의자에서 떠나, 그의 머리를 쓰다듬어 주려 하였다. 그러나 그보다도 먼저 강아지는 진저리치게 놀라, 몸을 일으켜, 구보에게 향해 적대적 자세를 취하고, 캥, 캐캥 하고 짖고, 그리고, 제풀에 질겁을 하여 카운터 뒤로 달음질쳐 들어갔다.

구보는 저도 모르게 얼굴을 붉히고, 그 강아지의 방정맞은 성정(性情)을 저주하며, 수건을 꺼내어, 땀도 안 난 이마를 두루 씻었다. 그리고, 그렇게까지 당부하였건만, 곧 와주지 않는 벗에게조차 그는 가벼운 분노를 느끼지 않으면 안 된다.

마침내

벗이 왔다. 그렇게 늦게 온 벗을 구보는 책망할까 하고 생각해 보았으나, 그보다 먼저 진정 반가워하는 빛이 그의 얼굴에 떠올랐다.

사실, 그는, 지금 벗을 가진 몸의 다행함을 느낀다.

그 벗은 시인이었음에도 불구하고, 극히 건장한 육체와 또 먹기 위해 어느 신문사 사회부 기자의 직업을 가지고 있었다. 그것이 때로 구보에게 애달픔을 주지 않은 것은 아니다. 그래도, 그래도 그와 대하여 있으면, 구보는 마음속에 밝음을 가질 수 있었다.

"나, 소오다스이를 다우."

벗은, 즐겨 음료 조달수(曹達水)를 취하였다. 그것은 언제든 구보에게 가벼운 쓴웃음을 준다. 그러나 물론 그것은 적어도 불쾌한 감정은 아니다.

다방에 들어오면, 여학생이나 같이, 조달수를 즐기면서도, 그래도 벗은 조선 문학 건설에 가장 열의를 가지고 있었다. 그러한 그가 하루에 두 차례씩, 종로서와, 도청과, 또 체신국엘 들르지 않으면 안 되었던 것은 한 개의 비참한 현실이었을지도 모른다. 마땅히 시를 초해야만 할 그의 만년필을 가져, 그는 매일같이 살인강도와 방화 범인의 기사를 쓰지 않으면 안 되었다. 그래 이렇게 제 자신의 시간을 가지면 그는 억압당하였던, 그의 문학에 대한 열정을 쏟아놓는다……

오늘은 주로 구보의 소설에 대해서였다. 그는, 즐겨 구보의 작품을 읽는 사람의 하나이다. 그리고, 또, 즐겨 구보의 작품을 비평하려 드는 독지가였다. 그러나, 그의 그러한 후의에도 불구하고, 구보는 자기 작품에 대한 그의 의견에 그다지 신용을 두고 있지 않았다. 언젠가, 벗은 구보의 그리 대단하지 않은 작품을 오직 한 개 읽었을 따름으로, 구보를 완전히 알 수나 있었던 것같이 생각하고 있는 듯싶었다.

오늘은, 그러나, 구보는 그의 말에 귀를 기울이지 않으면 안 된다. 벗은, 요사이 구보가 발표하고 있는 작품을 가리켜 작자가 그의 나이 분수보다 엄청나게 늙었음을 말했다. 그러나 그뿐이면 좋았다. 벗은 또, 작자가 정말 늙지는 않았고, 오직 늙음을 가장하였을 따름이라고 단정하였다. 혹은 그럴지도 모른다. 구보에게는 그러한 경향이 있었을지도 모른다. 그리고 다시 돌이켜 생각하면, 그것이 오직 가장에 그치고, 그리고 작자가 정말 늙지 않았음은, 오히려 구보가 기꺼해 마땅할 일일 게다.

그러나 구보는 그의 작품 속에서 젊을 수가 없었을지도 모른다. 그가 만약 구태여 그러려 하면 벗은, 이번에는, 작자가 무리로 젊음을 가장하였다고 말할 게다. 그리고 그것은 틀림없이 구보의 마음을 슬프게 해줄 게다…….

어느 틈엔가, 구보는 그 화제에 권태를 깨닫고, 그리고 저도 모르게 '다섯 개의 임금(林檎)' 문제를 풀려 들었다. 자기가 완전히 소유한 다섯 개의 임금을 대체 어떠한 순차로 먹어야만 마땅할 것인가. 그것에는 우선 세 가지의 방법이 있을 게다.

그중 맛있는 놈부터 차례로 먹어가는 법. 그것은, 언제든, 그중에 맛있는 놈을 먹고 있다는 기쁨을 우리에게 줄 게다. 그러나 그것은 혹은 그 결과가 비참하지나 않을까. 이와 반대로, 그중 맛없는 놈부터 차례로 먹어가는 법. 그것은 점입가경, 그러한 뜻을 가지고 있으나, 뒤집어 생각하면, 사람은 그 방법으로는 항상 그중 맛없는 놈만 먹지 않으면 안 되는 셈이다. 또 계획 없이 아무거나 집어 먹는 법. 그것은…….

구보는, 맞은편에 앉아, 그의 문학론에, 앙드레 지드의 말을 인용하고 있던 벗을, 갑자기, 이 유민(遊民)다운 문제를 가져 어이없게 만들어주었다. 벗은 대체, 그 다섯 개의 임금이 문학과 어떠한 교섭을 갖는가 의혹하며, 자기는 일찍이 그러한 문제를 생각해 본 일이 없노라 말하고,

"그래, 그것이 어쨌단 말이야."

"어쩌기는 무에 어째."

그리고 구보는 오늘 처음으로 명랑한, 혹은 명랑을 가장한 웃음을 웃었다.

문득

창밖 길가에, 어린애 울음소리가 들린다. 그것은 울음소리에 틀림없었다. 그러나 어린애의 것보다는 오히려 짐승의 소리에 가까웠다. 구보는 《율리시스》를 논하고 있는 벗의 탁설(卓說)에는 상관없이, 대체, 누가 또 죄악의 자식을 낳았누, 하고 생각한다.

가엾은 벗이 있었다. 그는, 어렸을 때부터 그렇게도 불행하였던 그

는, 온갖 고생을 겪지 않으면 안 되었었고, 또 그렇게 경난(經難)한 사람이었던 까닭에, 벗과의 사이에 있어서도 가장 관대한 품이 있었다. 그는 거의 구보의 친우(親友)였다. 그러나, 그에게는 남자로서의 가장 불행한 약점이 있었다. 그의 앞에서 구보가 말을 한다면, '다정다한(多情多恨)' 이러한 문자를 사용할 게다. 그러나 그것은 한 개의 수식에 지나지 않았고, 그 벗의 통제를 잃은 성 본능은 누가 보기에도 진실로 딱한 것임에 틀림없었다. 구보는, 왕왕히, 그 벗의 여성에 대한 심미안에 의혹을 갖기조차 하였다. 그러나 오히려 그러고 있는 동안은 좋았다. 마침내 비극이 왔다. 그 벗은, 결코 아름답지도 총명하지도 않은 한 여성을 사랑하고, 여자는 또 남자를 오직 하나의 사내라 알았을 때, 비극은 비롯한다. 여자가 어느 날 저녁 남자와 마주 앉아, 얼굴조차 붉히고, 그리고 자기가 이미 홑몸이 아님을 고백하였을 때, 남자는 어느 틈엔가 그 여자에 대해 거의 완전히 애정을 상실하고 있었다. 여자는 어리석게도 모성됨의 기쁨을 맛보려 하였고, 그리고 남자의 사랑을 좀 더 확실히 포착할 수 있을 것같이 생각하였다. 그러나 남자는 오직 제 자신이 곤경에 빠졌음을 한하고, 그리고 또 그 젊은 어미에게 대한 자기의 책임을 느끼지 않으면 안 되었던 까닭에, 좀 더 그 여자를 미워하였을지도 모른다.

여자는, 그러나, 남자의 변심을 깨닫지 못하였을지도 모른다. 또, 설혹, 그가 알 수 있었더라도, 역시, 그 수밖에 없었을지도 모른다. 여자는 돌도 안 된 아이를 안고, 남자를 찾아 서울로 올라왔다. 그러나 그곳에는 그들 모자를 위해 아무러한 밝은 길이 없었다. 이미 반생을 고락을 같이해 온 아내가 남자에게는 있었고, 또 그와 견주어 볼 때, 이 가정의 틈입자는 어떠한 점으로든 떨어졌다. 특히 아이와 아이를 비해 볼 때 그러하였다. 가엾은 사생자는 나이 분수보다 엄청나게나 거대한 체구와, 또 치매적 안모(顔貌)를 가지고 있었다.

그러나 그것만이라면, 오히려 좋았다. 한번 그 아이의 울음소리를 들을 수 있었을 때, 사람들은 가장 언짢고 또 야릇한 느낌을 갖지 않으면 안 되었다. 그것은 결코 사람의 아이의 울음이 아니었다. 그것은 그들의, 특히, 남자의 죄악에 진노한 신이, 그 아이의 비상한 성대를 빌려, 그들의, 특히, 남자의 죄악을 규탄하고, 또 영구히 저주하는 것인 것만 같았……

구보는 그저 《율리시스》를 논하고 있는 벗을 깨닫고, 불쑥, 그야 제임스 조이스의 새로운 시험에는 경의를 표해야 마땅할 게지. 그러나 그것이 새롭다는, 오직 그 점만 가지고 과중 평가를 할 까닭이야 없지. 그리고 벗이 그 말에 대해, 항의를 하려 하였을 때, 구보는 의자에서 몸을 일으켜, 벗의 등을 치고, 자 그만 나갑시다.

그들이 밖에 나왔을 때, 그곳에 황혼이 있었다. 구보는 이 시간에, 이 거리에, 맑고 깨끗함을 느끼며, 문득, 벗을 돌아보았다.

"이제 어디로 가?"

"집으루 가지."

벗은 서슴지 않고 대답하였다. 구보는 대체 누구와 이 황혼을 지내야 할 것인가 망연해한다.

전차를 타고

벗은 이내 집으로 돌아가고 말았다. 집이 아니다. 여사(旅舍)였다.

주인집 식구 말고, 아무도 없을 여사로, 그는 그렇게 저녁 시간을 맞추어 가야만 할까. 만약 그것이 단지 저녁밥을 먹기 위해서의 일이라면…….

"지금부터 집엘 가서 무얼 할 생각이오?"

그러나 그것은 물론 어리석은 물음이었다. '생활'을 가진 사람은 마땅히 제 집에서 저녁을 먹어야 할 게다. 벗은 구보와 비겨 볼 때, 분명히 생활을 가지고 있었다.

하루의 대부분을 속무(俗務)에 헤매지 않으면 안 되었던 그는 이제 저녁 후에 조용한 제 시간을 가져, 독서와 창작에서 기쁨을 찾을 게다. 구보는, 구보는 그러나 요사이 그 기쁨을 못 갖는다.

어느 틈엔가, 구보는 종로 네거리에 서서, 그곳에 황혼과, 또 황혼을 타서 거리로 나와 노는계집의 무리들을 본다. 노는계집들은 오늘도 무지(無智)를 싸고 거리에 나왔다. 이제 곧 밤은 올 게요, 그리고 밤은 분명히 그들의 것이었다. 구보는 포도 위에 눈을 떨어뜨려, 그곳에 무수한 화려한 또는 화려하지 못한 다리를 보며, 그들의 걸음걸이를 가장 위태롭다 생각한다. 그들은, 모두가 숙녀화에 익숙하지 못한 것은 아니다. 그러나 그러함에도 불구하고, 그들은 모두들 가장 서투르고, 부자연한 걸음걸이를 갖는다. 그것은, 역시, '위태로운 것'이라고밖에 말할 수 없는 것임에 틀림없었다.

그들은, 그러나 물론 그런 것을 그네 자신 깨닫지 못한다. 그들의 세상살이의 걸음걸이가, 얼마나 불안정한 것인가를 깨닫지 못한다. 그들은 누구라 하나 인생에 확실한 목표를 가지고 있지 않았으나, 무지는 거의 완전히 그 불안에서 그들의 눈을 가려준다.

그러나 포도를 울리는 것은 물론 그들의 가장 불안정한 구두 뒤축뿐이 아니었다. 생활을, 생활을 가진 온갖 사람들의 발끝은 이 거리 위에서 모두 자기네들 집으로 향해 놓고 있었다. 집으로 집으로, 그들은 그들의 만찬과 가족의 얼굴과 또 하루 고역 뒤의 안위를 찾아 그렇게도 기꺼이 걸어가고 있다. 문득, 저도 모를 사이에 구보의 입술을 새어 나오는 탁목(啄木)의 단가—

누구나 모두 집 가지고 있다는 애달픔이여
무덤에 들어가듯
돌아와서 자옵네

그러나 구보는 그러한 것을 초저녁의 거리에서 느낄 필요는 없다. 아직 그는 집에 돌아가지 않아도 좋았다. 그리고 좁은 서울이었으나, 밤늦게까지 헤맬 거리와, 들를 처소가 구보에게 있었다.

그러나 대체 누구와 이 황혼을…… 구보는 거의 자신을 가지고, 걷기 시작한다. 벗이 있다. 황혼을, 또 밤을 같이 지낼 벗이 구보에게 있다. 종로경찰서 앞을 지나 하얗고 납작한 조그만 다료(茶寮)엘 들른다.

그러나 주인은 없었다. 구보가 다시 문으로 향해 나오면서, 왜 자기는 그와 미리 맞추어두지 않았던가, 뉘우칠 때, 아이가 생각난 듯이 말했다. 참, 곧 돌아오신다구요, 누구 오시거든 기다리시라구요. '누구'가, 혹은 특정한 인물일지도 모른다. 벗은 혹은, 구보와 이제 행동을 같이할 수 없을지도 모른다. 그래도 사람은 언제든 희망을 가져야 하고, 달리 찾을 벗을 갖지 아니한 구보는, 하여튼 이제 자리에 앉아, 돌아올 벗을 기다려야 한다.

여자를

동반한 청년이 축음기 놓여 있는 곳 가까이 앉아 있었다. 그는 노는계집 아닌 여성과 그렇게 같이 앉아 차를 마실 수 있는 것에 득의와 또 행복을 느낄 수 있었는지도 모른다. 그의 육체는 건강하였고, 또 그의 복장은 화미(華美)하였고, 그리고 그의 여인은 그에게 그렇게도 용이하게 미소를 보여주었던 까닭에, 구보는 그 청년에게 엷은 질투와 또 선망을 느끼지 않으면 안 되었다. 그뿐 아니다. 그 청년은, 한 개의 인단(仁丹) 용기와, 로도 목약(目藥)을 가지고 있는 것에조차 철없는 자랑을 느낄 수 있었던 듯싶었다. 구보는 제 자신, 포용력을 가지고 있는 듯싶게 가장하는 일 없이, 그의 명랑성에 참말 부러움을 느낀다.

그 사상에는 황혼의 애수와 또 고독이 혼화되어 있었는지도 모른다. 구보는 극히 음울할 제 표정을 깨닫고, 그리고 이 안에 거울이 없음을 다행해 한다. 일찍이, 어느 시인이 구보의 이 심정을 가리켜 독신자의 비애라 하였다. 그러나 그것은 언뜻 그러한 듯싶으면서도 옳지 않았다. 구보가 새로운 사랑을 찾으려 하지 않고, 때로 좋은 벗의 우정에 마음을 의탁하려 한 것은 제법 오랜 일이다…….

어느 틈엔가, 그 여자와 축복받은 젊은이가 이 안에서 사라지고, 밤은 완전히 다료 안팎에 왔다. 이제 어디로 가나. 문득, 구보는 자기가 그동안 벗을 기다리면서 벗을 잊고 있었던 사실에 생각이 미치고, 그리고 호젓한 웃음을 웃었다. 그것은 일찍이 사랑하는 여자와 마주 대하여 권태와 고독을 느꼈던 것보다도 좀 애처로운 일임에 틀림없었다.

구보의 눈이 갑자기 빛났다. 참 그는 그 뒤 어찌 되었을꼬. 비록 어떠한 종류의 것이든 추억을 갖는다는 것은 사람의 마음을 고요하게, 또 기쁘게 해준다.

동경의 가을이다. 간다(神田) 어느 철물전에서 한 개의 네일클리퍼를 구한 구보는 짐보오쪼오(神保町) 그가 가끔 드나드는 끽다점을 찾았다. 그러나 휴식을 위한도, 차를 먹기 위함도 아니었던 듯싶다. 오직 오늘 새로 구한 것으로 손톱을 깎기 위해서만인지도 몰랐다. 그중 구석진 테이블. 그중 구석진 의자. 통속 작가들이 즐겨 취급하는 종류의 로맨스의 발단이 그곳에 있었다. 광선이 잘 안 들어오는 그곳 마룻바닥에서 구보의 발길에 차인 것. 한 권 대학 노트에는 '윤리학' 석 자와 '임(姙)' 자가 든 성명이 기입되어 있었다.

그것은 일종의 죄악일 게다. 그러나 젊은이들에게 그만한 호기심은 허락되어도 좋다. 그래도 구보는 다른 좌석에서 잘 안 보이는 위치에 노트를 놓고, 그리고 손톱을 깎을 것도 잊고 있었다.

제1장 서론. 제1절 윤리학의 정의. 2. 규범과학. 제2장 본론. 도덕 판단의 대상. C 동기설과 결과설. 예 1. 빈가의 자손이 효양을 위해서 절도함. 2. 허영심을 만족키 위한 자선사업. 제2학기. 3. 품성 형성의 요소. 1. 의지필연론……

그리고 여백에, 연필로, 그러나 수치심은 사랑의 상상 작용에 조력을 준다. 이것은 사랑에 생명을 주는 것이다. 스탕달의 〈연애론〉의 일절. 그러고는 연락 없이 〈서부 전선 이상 없다〉. 길옥신자(吉屋信子) 개천룡지개(芥川龍之介). 어제 어디 갔었니. 〈라부파레드〉 보았니. …… 이런 것들이 씌어 있었다.

다료의 주인이 돌아왔다. 아 언제 왔소. 오래 기다렸소. 무슨 좋은 소식 있소. 구보는 대답 없이 자리에서 일어나, 노트와 단장을 집어 들고, 저녁 먹으러 나갑시다. 그리고 속으로 지난날의 조고만 로맨스를 좀 더 이어 생각하려 한다.

다료에서

나와, 벗과, 대창옥(大昌屋)으로 향하며, 구보는 문득 대학 노트 틈에 끼어 있었던 한 장의 엽서를 생각해 본다. 물론 처음에 그는 망설거렸었다. 그러나 여자의 숙소까지를 알 수 있었으면서도 그 한 기회에서 몸을 피할 수는 없었다. 그는 우선 젊었고, 또 그것은 흥미 있는 일이었다. 소설가다운 온갖 망상을 즐기며, 이튿날 아침 구보는 이내 이 여자를 찾았다. 우입구 시래정(牛込區 矢來町). 그의 주인집은 신조사(新潮社) 근처에 있었다. 인품 좋은 주인 여편네가 나왔다 들어간 뒤, 현관에 나온 노트 주인은 분명히…… 그들이 걸어가고 있는 쪽에서 미인이 왔다. 그들을 보고 빙그레 웃고, 그리고 지났다. 벗의 다료 옆, 카페 여급. 벗이 돌아보고 구보의 의견을 청하였다. 어때 예쁘지. 사실, 여자는, 이러한 종류의 계집으로서는 드물게 어여뻤다. 그러나 그는 이 여자보다 좀 더 아름다웠던 것임에 틀림없었다.

어서 옵쇼. 설렁탕 두 그릇만 주우. 구보가 노트를 내어놓고, 자기의 실례에 가까운 심방(尋訪)에 대한 변해(辨解)를 하였을 때, 여자는, 순간에, 얼굴이 붉어졌었다. 모르는 남자에게 정중한 인사를 받은 까닭만이 아닐 게다. 어제 어디 갔었니. 길옥신자(吉屋信子). 구보는 문득 그런 것들을 생각해 내고, 여자 모르게 빙그레 웃었다. 맞은편에 앉아, 벗은 숟가락 든 손을 멈추고, 빤히 구보를 바라보았다. 그 눈은, 무슨 생각을 하고 있느냐, 물었는지도 모른다. 구보는 생각의 비밀을 감추기 위하여 의미 없이 웃어 보였다. 좀 올라오세요. 여자는 그렇게 말하였었다. 말로는 태연하게, 그러면서도 그의 볼은 역시 처녀답게 붉어졌다. 구보는 그의 말을 좇으려다 말고, 불쑥, 같이 산책이라도 안 하시렵니까, 볼일 없으시면. 그날은 일요일이었고, 여자는 막 어디 나가려던 차인지 나들이옷을 입고 있었다. 통속소설은 템포가 빨라야 한다. 그 전날, 윤리학 노트를 집어 들었을 때부터 이미 구보는 한 개 통속소설의 작자였고 동시에 주인공이었던 것임에 틀림없었다. 그는 여자가 기독교 신자인 경우에는 제 자신 목사의 졸음 오는 설교를 들어도 좋다고까지 생각하고 있었다. 여자는 또 한 번 얼굴을 붉히고, 그러나 구보가, 만약 볼일이 계시다면, 하고 말하였을 때, 당황하게, 아니에요 그럼 잠깐 기다려주세요, 그리고 여자는 핸드백을 들고 나왔다. 분명히 자기를 믿고 있는 듯싶은 여자 태도에 구보는 자신을 갖고, 참, 이번 주일에 무장야관(武藏野館) 구경하셨습니까. 그리고 그와 함께 그러한 자기가 할 일 없는 불량소년같이 생각되고, 또 만약 여자가 그렇게도 쉽사리 그의 유인에 빠진다면, 그것은 아무리 통속소설이라도 독자는 응당 작자를 신용하지 않을 게라고 속으로 싱겁게 웃었다. 그러나 설혹 그렇게도 쉽사리 여자가 그를 좇더라도 구보는 그것을 경박하다고 생각하고 싶지 않았다. 그것에는 경박이란 문자는 맞지 않을 게다. 구보는 자부심으로서는 여자가 초면임에도 불구하고 자기를 족히 믿을 만한 남자라 알아볼 수 있도록 그렇게 총명하다고 생각하고 싶었다.

여자는 총명하였다. 그들이 무장야관 앞에서 자동차를 내렸을 때, 그러나 구보는 잠시 그곳에 우뚝 서 있을 수밖에 없었다. 그것은 뒤에서 내리는 여자를 기다리기 위해서가 아니다. 그의 앞에 외국 부인이 빙그레 웃으며 서 있었던 까닭이다. 구보의 영어 교사는 남녀를 번갈아 보고, 새로이 의미심장한 웃음을 웃고 오늘 행복을 비오, 그리고 제 길을 걸었다. 그것에는 혹은 서른 독신녀의 젊은 남녀에게 대한 빈정거림이 있었는지도 모른다. 구보는 소년과 같이 이마와 콧잔등이에 무수한 땀방울을 깨달았다. 그래 구보는 바지 주머니에서 수건을 꺼내어 그것을 씻지 않으면 안 되었다. 여름 저녁에 먹은 한 그릇의 설렁탕은 그렇게도 더웠다.

이곳을

나와, 그러나, 그들은 한길 위에 우두커니 선다. 역시 좁은 서울이었다. 동경이면, 이러한 때 구보는 우선 은좌(銀座)로라도 갈 게다. 사실 그는 여자를 돌아보고, 은좌로 가서 차라도 안 잡수시렵니까, 그렇게 말하고 싶었었다. 그러나, 순간에, 지금 막 보았을 따름인 영화의 한 장면을 생각해 내고, 구보는 제가 취할 행동에 자신을 가질 수 없었을지도 모른다. 규중처자를 꼬여 오페라 구경을 하고, 밤늦게 다시 자동차를 몰아 어느 별장으로 향하던 불량청년. 언뜻 생각하면 그의 옆얼굴과 구보의 것과 사이에 일맥상통한 점이 있었던 듯싶었다. 구보는 쓰디쓰게 웃고, 그러나 그러한 것은 어떻든, 은좌가 아니라도 어디 이 근처에서라도 차나 먹고…… 참, 내 정신 좀 보아. 벗은 갑자기 소리치고 자기가 이 시각에 꼭 만나야 할 사람이 있음을 말하고, 그리고 이제 구보가 혼자서 외로울 것을 알고 있었으므로, 그는 미안한 표정을 지었다. 여자가 주저하며, 그만 집으로 돌아가야겠다고 구보를 곁눈질하였을 때에도, 역시 그러한 표정이었던 것임에 틀림없었다. 우리 열 점쯤 해서 다방에서 만나기로 합시다. 열 점. 웅, 늦어도 열 점 반. 그리고 벗은 전찻길을 횡단해 갔다.

전찻길을 횡단해 저편 포도 위를 사람 틈에 사라져버리는 벗의 뒷모양을 바라보며, 어인 까닭도 없이, 이슬비 내리던 어느 날 저녁 히비야〔日比谷〕 공원 앞에서의 여자를 구보는 애달프다, 생각한다.

아, 구보는 악연히 고개를 들어 뜻 없이 주위를 살피고 그리고 기계적으로, 몇 걸음 앞으로 나갔다. 아아, 그예 생각해 내고 말았다. 영구히 잊고 싶다, 생각한 그의 일을 왜 기억 속에서 더듬었더냐, 애달프고 또 쓰린 추억이란, 결코 사람 마음을 고요하게도 기쁘게도 해주는 것은 아니었다.

여자는 그가 구보와 알기 전에 이미 약혼하고 있었던 사내의 문제를 가져, 구보의 결단을 빌었다. 불행히 그 사내를 구보는 알고 있었다. 중학 시대의 동창생. 서로 소식 모르고 지낸 지 5년이 넘었어도 그의 얼굴은 구보의 머릿속에 분명하였다. 그 우둔하고 또 순직한 얼굴. 더욱이 그 선량한 눈을 생각할 때 구보의 마음은 아팠다.

비 내리는 공원 안을 그들은 생각에 잠겨, 생각에 울어, 날 저무는 줄도 모르고 헤매 돌았다.

　참지 못하고, 구보는 걷기 시작한다. 사실 나는 비겁하였을지도 모른다. 한 여자의 사랑을 완전히 차지하는 것에 행복을 느껴야만 옳았을지도 모른다. 의리라는 것을 생각하고, 비난을 두려워하고 하는, 그러한 모든 것이 도시 남자의 사랑이, 정열이, 부족한 까닭이라, 여자가 울며 탄하였을 때, 그 말은 그 말은, 분명히 옳았다, 옳았다.

　구보가 바래다주려도 아니에요, 이대로 내버려두세요, 혼자 가겠어요, 그리고 비에 젖어 눈물에 젖어, 황혼의 거리를 전차도 타지 않고 한없이 걸어가던 그의 뒷모양. 그는 약혼한 사내에게로도 가지 않았다. 그가 불행하다면 그것은 오로지 사내의 약한 기질에 근원할 게다. 구보는 때로, 그가 어느 다행한 곳에서 그의 행복을 차지하고 있는 것같이 생각하고 싶었어도, 그 사상은 너무나 공허하다.

　어느 틈엔가 황톳마루 네거리에까지 이르러, 구보는 그곳에 충동적으로 우뚝 서며, 괴로운 숨을 토하였다. 아아, 그가 보고 싶다. 그의 소식이 알고 싶다. 낮에 거리에 나와 일곱 시간, 그것은 오직 한 개의 진정이었을지 모른다. 아아, 그가 보고 싶다. 그의 소식이 알고 싶다……

광화문통

그 멋없이 넓고 또 쓸쓸한 길을 아무렇게나 걸어가며, 문득, 자기는, 혹은, 위선자나 아니었었나 하고, 구보는 생각하여 본다. 그것은 역시 자기의 약한 기질에 근원할 게다. 아아, 온갖 악은 인성의 약함에서, 그리고 온갖 불행이…….

또다시 너무나 가엾은 여자의 뒷모양이 보였다. 레인코트 위에 빗물은 흘러내리고 우산도 없이 모자 안 쓴 머리가 비에 젖어 애달프다. 기운 없이, 기운 있을 수 없이, 축 늘어진 두 어깨. 주머니에 두 팔을 꽂고, 고개 숙여 내디디는 한 걸음, 또 한 걸음, 그 조그맣고 약한 발에 아무러한 자신도 없다. 뒤따라 그에게로 달려가야 옳았다. 달려들어 그의 조그만 어깨를 으스러져라 잡고, 이제까지 한 나의 말은 모두 거짓이었다고, 나는 결코 이 사랑을 단념할 수 없노라고, 이 사랑을 위하여는 모든 장애와 싸워가자고, 그렇게 말하고, 그리고 이슬비 내리는 동경 거리에 두 사람은 무한한 감격에 울었어야만 옳았다.

구보는 발 앞에 조약돌을 힘껏 찼다. 격렬한 감정을, 진정한 욕구를, 힘써 억제할 수 있었다는 데서 그는 값없는 자랑을 가지려 하였었는지도 모른다. 이것이, 이 한 개 비극이 우리들 사랑의 당연한 귀결이라고 그렇게 생각하려 들었던 자기. 순간에 또 벗의 선량한 두 눈을 생각해 내고 그의 원만한 천성과 또 금력이 여자를 행복하게 하여주리라 믿으려 들었던 자기. 그 왜곡된 감정이 구보의 진정한 마음의 부르짖음을 틀어막고야 말았다. 그것은 옳지 않았다. 구보는 대체 무슨 권리를 가져 여자의, 그리고 자기 자신의 감정을 농락

하였나. 진정으로 여자를 사랑하였으면서도 자기는 결코 여자를 행복하게 해주지는 못할 게라고, 그 부전감(不全感)이 모든 사람을, 더욱이 가엾은 애인을 참말 불행하게 만들어버린 것이 아니었던가. 그 길 위에 깔린 무수한 조약돌을, 힘껏, 차, 해뜨리고, 구보는, 아아, 내가 그릇하였다. 그릇하였다.

철겨운 봄노래를 부르며, 열 살이나 그밖에 안 된 아이가 지났다. 아이에게 근심은 없다. 잘 안 돌아가는 혀끝으로, 술주정꾼이 두 명, 어깨동무를 하고, 수심가를 불렀다. 그들은 지금 만족이다. 구보는, 문득, 광명을 찾은 것 같은 착각을 느끼고, 어두운 거리 위에 걸음을 멈춘다. 이제 그와 다시 만날 때, 나는 이미 약하지 않다. 나는 그 과오를 거듭 범하지 않는다. 우리는 영구히 다시 떠나지 않는다……. 그러나 그를 어디 가 찾누. 어허, 공허하고, 또 암담한 사상이여. 이 넓고, 또 휑한 광화문 거리 위에서 한 개의 사내 마음이 이렇게도 외롭고 또 가엾을 수 있었나.

각모 쓴 학생과, 젊은 여자가 어깨를 나란히 하여 구보 앞을 지나갔다. 그들의 걸음걸이에는 탄력이 있었고, 그들의 말소리는 은근하였다. 사랑하는 이들이여. 그대들 사랑에 언제든 다행한 빛이 있으라. 마치 자애 깊은 부로(父老)와 같이 구보는 너그럽고 사랑 가득한 마음을 가져 진정으로 그들을 축복하여 준다.

이제

어디로 갈 것을 잊은 듯이, 그러할 필요가 없어진 듯이, 얼마 동안을, 구보는, 그곳에 가, 망연히 서 있었다. 가엾은 애인. 이 작품의 결말은 이대로 좋을 것일까. 이제, 뒷날, 그들은 다시 만나는 일도 없이, 옛 상처를 스스로 어루만질 뿐으로, 언제든 외롭고 또 애달파야만 할 것일까. 그러나, 그 즉시 아아, 생각을 말리라. 구보는 의식하여 머리를 흔들고, 그리고 좀 급한 걸음걸이로 온 길을 되걸어갔다. 마음에 아픔은 그저 있었고, 고개 숙여 걷는 길 위에, 발에 차이는 조약돌이 회상의 무수한 파편이다. 머리를 들어 또 한 번 뒤흔들고, 구보는, 참말 생각을 말리라, 말리라…….

이제 그는 마땅히 다방으로 가, 그곳에서 벗과 다시 만나, 이 한밤의 시름을 덜 도리를 해야 한다. 그러나 그가 채 선차 선로를 횡단할 수 있기 전에 그는 "눈깔, 아저씨" 하고 불리고 그리고 그가 걸음을 멈추고 돌아보았을 때, 그의 단장과 노트 든 손은 아이들의 조그만 손에 붙잡혔다. 어디를 갔다 오니. 구보는 웃는 얼굴을 짓기에 바쁘다. 어느 벗의 조카아이들이다. 아이들은 구보가 안경을 썼대서 언제든 눈깔 아저씨라 불렀다. 야시 갔다 오는 길이라우. 그런데 왜 요새 통 집이 안 오우, 눈깔 아저씨. 응, 좀 바빠서……. 그러나 그것은 거짓이었다. 구보는, 순간에, 자기가 거의 달포 이상을 완전히 이 아이들을 잊고 있었던 사실을 기억에서 찾아내고 이 천진한 소년들에게 참말 미안하다 생각한다.

가엾은 아이들이다. 그들은 결코 아버지의 사랑을 몰랐다. 그들의 아버지는 다섯 해 전부터 어느 시골서 따로 살림을 차렸고, 그들은, 그래, 거의 완전히 어머니의 손으로써만 길러졌다. 어머니에게, 허물은 없었다. 그러면, 아버지에게. 아버지도, 말하자면, 착한 이였다. 그러나 그에게는 역시 여자에게 대하여 방종성이 있었다. 극도의 생활

난 속에서, 그래도, 어머니는 아이들을 학교에 보냈다. 열여섯 살짜리 큰딸과, 아래로 삼 형제. 끝의 아이는 명년에 학령이었다. 삶의 어려움을 하소연하면서도 그 애마저 보통학교에 입학시킬 것을 어머니가 기쁨 가득히 말하였을 때, 구보의 머리는 저 모르게 숙여졌었다.

구보는 아이들을 사랑한다. 아이들의 사랑을 받기를 좋아한다. 때로, 그는 아이들에게 아첨하기조차 하였다. 만약 자기가 사랑하는 아이들이 자기를 따르지 않는다면, 그것은 생각만 해볼 따름으로 외롭고 또 애달팠다. 그러나 아이들은 그렇게도 단순하다. 그들은, 그들을 사랑하는 사람을 반드시 따랐다.

눈깔 아저씨, 우리 이사한 담에 언제 왔수. 바로 저 골목 안이야. 같이 가아 응. 가보고도 싶었다. 그러나 역시, 시간을 생각하고, 벗을 놓칠 것을 염려하고, 그는 이내 그것을 단념하는 수밖에 없었다. 어찌할꾸. 구보는 저편에 수박 실은 구루마를 발견하였다. 너희들 배탈 안 났니. 아아니, 왜 그러우. 구보는 두 아이에게 수박을 한 개씩 사서 들려주고, 어머니 갖다드리구 노놔줍쇼, 그래라. 그리고 덧붙여 쌈 말구 똑같이들 노놔야 한다. 생각난 듯이 큰아이가 보고하였다. 지난번에 필운이 아저씨가 빠나나를 사 왔는데, 누나는 배탈이 나서 먹지를 못했죠, 그래 막 까시를 올렸더니만⋯⋯. 구보는 그 말괄량이 소녀의, 거의 울가망이 된 얼굴을 눈앞에 그려보고 빙그레 웃었다. 마침 앞을 지나던 한 여자가 날카롭게 구보를 흘겨보았다. 그의 얼굴은 결코 어여쁘지 못했다. 뿐만 아니라 무엇이 그리 났는지, 그는 얼굴 전면에 대소 수십 편의 뾰꾸를 붙이고 있었다. 응당 여자는 구보의 웃음에서 모욕을 느꼈을 게다. 구보는, 갑자기, 홍소하였다. 어쩌면, 이제, 구보는 명랑해질 수 있을지도 모른다.

그래도

집으로 자꾸 가자는 아이들을 달래어 보내고, 구보는 다방으로 향한다. 이 거리는 언제든 밤에, 행인이 드물었고, 전차는 한길 한복판을 가장 게으르게 굴러있다. 결코 환하지 못한 이 거리, 가로수 아래, 한두 명의 부녀들이 서고, 혹은, 앉아 있었다. 그들은, 물론, 거리에 봄을 파는 종류의 여자들은, 아니었을 게다. 그래도, 이, 밤 들면 언제든 쓸쓸하고, 또 어두운 거리 위에 그것은 몹시 음울하고도 또 고혹적인 존재였다. 그렇게도 갑자기, 부란된 성욕을, 구보는 이 거리 위에서 느낀다.

문득, 제비와 같이 경쾌하게 전보 배달의 자전차가 지나간다. 그의 허리에 찬 조그만 가방 속에 어떠한 인생이 압축되어 있을 것인고. 불안과, 초조와, 기대와…… 그 조그만 종이 위의, 그 짧은 문면은 그렇게도 용이하게, 또 확실하게, 사람의 감정을 지배한다. 사람은 제게 온 전보를 받아들 때 그 손이 가만히 떨림을 스스로 깨닫지 못한다. 구보는 갑자기 자기에게 온 한 장의 전보를 그 봉함을 떼지 않은 채 손에 들고 감동하고 싶은 충동을 느꼈다. 전보가 못 되면, 보통 우편물이라도 좋았다. 이제 한 장의 엽서에라도, 구보는 거의 감격을 가질 수 있을 게다.

흥, 하고 구보는 코웃음 쳐보았다. 그 사상은 역시 성욕의, 어느 형태로서의, 한 발현에 틀림없었다. 그러나 물론 결코 부자연하지 않은 생리적 현상을 무턱대고 업신여길 의사는 구보에게 없었다. 사실 서울에 있지 않은 모든 벗을 구보는 잊은 지 오래였고 또 그 벗들도 이미 오랫동안 소식을 전하여 오지 않았다. 그들은, 모두, 지금, 무엇들을 하구 있을구. 한 해에 단 한 번 연하장을 보내줄 따름의 벗에까지, 문득 구보는 그리움을 가지려 한다. 이제 수천 매의 엽서를 사서, 그 다방 구석진 탁자 위에서, …… 어느 틈엔가 구보는 가장 열정을 가져, 벗들에게 편지를 쓰고 있는 제 자신을 보았다. 한 장, 또 한 장, 구보는 재떨이 위에 생담배가 타고 있는 것도 깨닫지 못하고, 그가 기억하고 있는 온갖 벗의 이름과 또 주소를 엽서 위에 흘려 썼다……. 구보는 거의 만족한 웃음조차 입가에 띠며, 이것은 한 개 단편소설의 결말로는 결코 비속하지 않다, 생각하였다. 어떠한 단편소설의—. 물론, 구보는, 아직 그 내용을 생각하지 않았다.

그러나 그러한 것은 어떻든 벗들의 편지가 정말 보고 싶었다. 누가 내게 그 기쁨을 주지는 않는가. 문득 구보의 걸음이 느려지며, 그동안, 집에, 편지가 와 있지나 않을까, 그리고 그것은 가장 뜻하지 않았던 옛 벗으로부터의 열정이 넘치는 글이나 아닐까, 하고 제 맘대로 꾸며 생각하고 그리고 물론 그것이 얼마나 근거 없는 생각인 줄 알았어도, 구보는 그 애달픈 기쁨을 그렇게도 가혹하게 깨뜨려버리려 하지 않았다. 그러나 그것은 벗에게서 온 편지는 아닐지도 모른다. 혹은, 어느 신문사나, 잡지사나…… 그러면 그 인쇄된 봉투에 어머니는 반드시 기대와 희망을 깃고, 그것이 아들에게 부슨 크나큰 행운이나 약속하고 있는 거나 같이 몇 번씩 놓았다, 들었다, 또는 전등불에 비추어 보았다…… 그리고 기다려도 안 들어오는 아들이 편지를 늦게 보아 그만 그 행운을 놓치고 말지나 않을까, 그러한 경우까지를 생각하고 어머니는 안타까워할 게다. 그러나 가엾은 어머니가 그렇게까지 감동을 가진 그 서신이 급기야 뜯어보면, 신문 일회분의, 혹은 잡지 한 페이지분의, 잡문의 의뢰이기 쉬웠다.

구보는 쓰디쓰게 웃고, 다방 안으로 들어선다. 사람은 그곳에 많았어도, 벗은 있지 않았다. 그는 이제 이곳에서 벗을 기다려야 한다.

다방을

찾는 사람들은, 어인 까닭인지 모두들 구석진 좌석을 좋아하였다. 구보는 하나 남아 있는 가운데 탁자에 가 앉는 수밖에 없었다. 그래도, 그는 그곳에서 엘만의 〈발스·센티멘탈〉을 가장 마음 고요히 들을 수 있었다. 그러나 그 선율이 채 끝나기 전에, 방약무인한 소리가, 구포씨 아니요—. 구보는 다방 안의 모든 사람들의 시선을 온몸에 느끼며, 소리 나는 쪽을 돌아보았다. 중학을 이삼 년 일찍 마친 사내. 어느 생명보험 회사의 외교원이라는 말을 들었다. 평소에 결코 왕래가 없으면서도 이제 이렇게 알은체를 하려는 것은 오직 얼굴이 새빨개지도록 먹은 술 탓인지도 몰랐다. 구보는 무표정한 얼굴로 약간 끄떡해 보이고 즉시 고개를 돌렸다. 그러나 그 사내가 또 한 번, 역시 큰 소리로, 이리 좀 안 오시료, 하고 말하였을 때, 구보는 게으르게나마 자리에서 일어나, 그의 탁자로 가는 수밖에 없었다. 이리 좀 앉으시오. 참, 최군, 인사하지. 소설가, 구포씨.

이 사내는, 어인 까닭인지 구보를 반드시 '구포'라고 발음하였다. 그는 맥주병을 들어보고, 아이 쪽을 향하여 더 가져오라고 소리치고, 다시 구보를 보고, 그래 요새두 많이 쓰시우. 뭐 별로 쓰는 것 '없습니다.' 구보는 자기가 이러한 사내와 접촉을 가지게 된 것에 지극히 불쾌를 느끼며, 경어를 사용하는 것으로 그와 사이에 간격을 두기로 하였다. 그러나 이 딱한 사내는 도리어 그것에서 일종 득의감을 맛볼 수 있었는지도 모른다. 그뿐 아니라, 그는 한 잔 10전짜리 차들을 마시고 있는 사람들 틈에서 그렇게 몇 병씩 맥주를 먹을 수 있는 것에 우월감을 갖고, 그리고 지금 행복이었을지도 모른다. 그는 구보에게 술을 따라 권하고, 내 참 구포씨 작품을 애독하지. 그리고 그러한 말을 하였음에도 불구하고 구보가 아무런 감동도 갖지 않는 듯싶은 것을 눈치채자,

"사실, 내 또 만나는 사람마다 보고, 구포 씨를 선전하지요."

그러한 말을 하고는 혼자 허허 웃었다. 구보는 의미 몽롱한 웃음을 웃으며, 문득 이 용감하고 또 무지한 사내를 고급으로 채용해 구보 독자 권유원을 시키면, 자기도 응당 몇십 명의 또는 몇백 명의 독자를 획득할 수 있을지 모르겠다고 그런 난데없는 생각을 하여보고, 그리고 혼자 속으로 웃었다. 참 구보 선생, 하고 최군이라 불린 사내도 말참견을 하여, 자기가 독견(獨鵑)의 〈승방비곡(僧房悲曲)〉과 윤백남의 〈대도전(大盜傳)〉을 걸작이라 여기고 있는 것에 구보의 동의를 구하였다. 그리고, 이 어느 화재보험회사의 권유원인지도 알 수 없는 사내는, 가장 영리하게,

　　"구보 선생님의 작품은 따루 치고……."

　　그러한 말을 덧붙였다. 구보가 간신히 그것들이 좋은 작품이라 말하였을 때, 최군은 또 용기를 얻어, 참 조선서 원고료는 얼마나 됩니까. 구보는 이 사내가 원호료라 발음하지 않는 것에 경의를 표하였으나 물론 그는 이러한 종류의 사내에게 조선 작가의 생활 정도를 알려주어야 할 아무런 의무도 갖지 않는다.

　　그래, 구보는 혹은 상대자가 모멸을 느낄지도 모를 것을 알면서도, 불쑥, 자기는 이제까지 고료라는 것을 받아본 일이 없어, 그러한 것은 조금도 모른다 말하고, 마침 문을 들어서는 벗을 보자 그만 실례합니다. 그리고 그들이 뭐라 말할 수 있기 전에 제자리로 돌아와 노트와 단장을 집어 들고, 막 자리에 앉으려는 벗에게,

　　"나갑시다. 다른 데로 갑시다."

　　밖에, 여름밤, 가벼운 바람이 상쾌하다.

조선호텔

앞을 지나, 밤늦은 거리를 두 사람은 말없이 걸었다. 대낮에도 이 거리는 행인이 많지 않다. 참 요사이 무슨 좋은 일 있소. 맞은편에 경성우편국 3층 건물을 바라보며 구보는 생각난 듯이 물었다. 좋은 일이라니. 돌아보는 벗의 눈에 피로가 있었다. 다시 걸어 황금정으로 향하며, 이를테면, 조그만 기쁨, 보잘것없는 기쁨, 그러한 것을 가졌소. 뜻하지 않은 벗에게서 뜻하지 않은 엽서라도 한 장 받았다는 종류의……

"갖구말구."

벗은 서슴지 않고 대답하였다. 노형같이 변변치 못한 사람은 죽을 때까지 받아보지 못할 편지를. 그리고 벗은 허허 웃었다. 그러나 그것은 공허한 음향이었다. 내용 증명의 서류 우편. 이 시대에는 조그만 한 개의 다료를 경영하기도 수월치 않았다. 석 달 밀린 집세. 총총하던 별이 자취를 감추고 하늘이 흐렸다. 벗은 갑자기 휘파람을 분다. 가난한 소설가와, 가난한 시인과…… 어느 틈엔가 구보는 그렇게도 구차한 내 나라를 생각하고 마음이 어두웠다.

"혹시 노형은 새로운 애인을 갖고 싶다 생각 않소?"

벗이 휘파람을 마치고 장난꾼같이 구보를 돌아보았다. 구보는 호젓하게 웃는다. 애인도 좋았다. 애인 아닌 여자도 좋았다. 구보가 지금 원함은 한 개의 계집에 지나지 않는지도 몰랐다. 또는 역시 어질고 총명한 아내라야 하였을지도 몰랐다. 그러다가 구보는, 문득, 아내도 계집도 말고, 십칠팔 세의 소녀를, 만약 그럴 수 있다면, 딸을 삼고 싶다고 그러한 엄청난 생각을 해보았다. 그 소녀는 마땅히 아리땁고, 명랑하고, 그리고 또 총명해야 한다. 구보는 자애 깊은 아버지의 사랑을 가져 소녀를 데리고 여행을 할 수 있을 게다—.

갑자기 구보는 실소하였다. 나는 이미 그토록 늙었나. 그래도 그 욕망은 쉽사리 버려지지 않았다. 구보는 벗에게 알리고 싶은 것을 참고, 혼자 마음속에 그 생각을 즐겼다. 세 개의 욕망. 그 어느 한 개만으로도 구보는 이제 용이히 행복될지 몰랐다. 혹은 세 개의 욕망의, 그 셋이 모두 이루어지더라도 결코 구보는 마음의 안위를 이룰 수 없을지도 몰랐다.

역시 그것은 '고독'이 빚어내는 사상이었다.

나의 원하는 바를 월륜도 모르네.

문득 '춘부(春夫)'의 일행시를 구보는 입 밖에 내어 외어본다. 하늘은 금방 빗방울이 떨어질 것같이 어둡다. 월륜(月輪)은커녕, 혹은 구보 자신 알지 못하고 있을지도 모른다. 어느 틈엔가 종로에까지 다시 돌아와, 구보는 갑자기 손에 든 단장과 대학 노트의 무게를 느끼며 벗을 돌아보았다. 능히 오늘 밤 술을 사줄 수 있소. 벗은 생각해 보는 일 없이 고개를 끄떡였다. 구보가 다시 다리에 기운을 얻어, 종각 뒤, 그들이 가끔 드나드는 술집을 찾았을 때, 그러나 그곳에는 늘 보던 여급이 없었다. 낯선 여자에게 물어, 그가 지금 가 있는 낙원정의 어느 카페 이름을 배우자, 구보는 역시 피로한 듯싶은 벗의 팔을 이끌어 그리로 가자, 고집하였다. 그 여급을 구보는 이름도 몰랐다. 이를테면 벗이 흥미를 가지고 있는 계집이었다. 마치 경박한 불량소년과 같이, 계집의 뒤를 쫓는 것에서 값없는 기쁨이나마 구보는 맛보려는 심사인지도 모른다.

처음에

벗은, 그러나, 구보의 말을 좇지 않았다. 혹은, 벗은 그 여급에게 흥미를 느끼지 않고 있었던 것인지도 모른다. 그러나 만약 그가 그 여자에게 뭐 느낀 게 있었다 하면 그것은 분명히 흥미 이상의 것이었을 게다. 그들이 마침내, 낙원정으로, 그 계집 있는 카페를 찾았을 때, 구보는, 그러나, 벗의 감정이 그 둘 중의 어느 것도 아니었다는 것을 알았다. 혹은, 어느 것이든 좋았었는지도 몰랐다. 하여튼, 벗도 이미 늙었다. 그는 나이로 청춘이었으면서도, 기력과, 또 정열이 결핍되어 있었다. 까닭에 그가 항상 그렇게도 구하여 마지않는 것은, 온갖 의미로서의 자극이었는지도 모른다.

여급이 세 명, 그리고 다음에 두 명, 그들의 탁자로 왔다. 그렇게 많은 '미녀'를 그 자리에 모이게 한 것은, 물론 그들의 풍채도 재력도 아니다. 그들은 오직 이곳에 신선한 객이었고, 그리고 노는계집들은 그렇게도 많은 사내들과 알은체하기를 좋아하였다. 벗은 차례로 그들의 이름을 물었다. 그들의 이름에는 어인 까닭인지 모두 '꼬'가 붙어 있었다. 그것은 결코 고상한 취미가 아니었고, 그리고 때로 구보의 마음을 애달프게 한다.

"왜, 호구 조사 오셨어요?"

새로이 여급이 그들의 탁자로 와서 말하였다. 문제의 여급이다. 그들이 그 계집에게 알은체하는 것을 보고, 그들의 옆에 앉았던 두 명의 계집이 자리를 양도하려 엉거주춤히 일어섰다. 여자는, 아니 그대루 앉아 있에요, 사양하면서도 벗의 옆에 가 앉았다. 이 여자는 다른 다섯 여자들보다 좀 더 예쁠 것은 없었다. 그래도 어딘지 모르게 기품이 있어 보이기는 하였다. 벗이 그와 둘이서만 몇 마디 말을 주고받고 하였을 때, 세 명의 여급은 다른 곳으로 가버리고 말았다. 동료와 친근히 히고 있는 듯싶은 객에게, 계집들은 결코 흥미를 느끼지 않았다.

"어서 약주 드세요."

이 탁자를 맡은 계집이, 특히 벗에게 권하였다. 사실, 맥주를 세 병째 가져오도록 벗이 마신 술은 모두 한 곱보나 그밖에 안 되었던 것임에 틀림없었다. 그러나 벗은 오직 그 곱보를 들어보고 또 입에 대는 척하고, 그리고 다시 탁자에 놓았다. 이 벗은 음주 불감증이 있었다. 그러나 물론 계집들은 그런 병명을 알지 못한다. 구보에게 그것이 일종의 정신병임을 듣고, 그들은 철없이 눈을 둥그렇게 떴다. 그리고 다음에 또 철없이 그들은 웃었다. 한 사내가 있어 그는 평소에는 술을 즐기지 않으면서도 때때로 남주(濫酒)를 하여, 언젠가는 일본주를 두 되 이상이나 먹고, 그리고 거의 혼도를 하였다고 한 계집은 이야기를 하고, 그리고 그것도 역시 정신병이냐고 구보에게 물었다. 그것은 기주증(嗜酒症), 갈주증(渴酒症), 또는 황주증(荒酒症)이었다. 얼마 전엔가 구보가 흥미를 가져 읽은 《현대의학대사전》 제23

권은 그렇게도 유익한 서적임에 틀림없었다.

갑자기 구보는 온갖 사람을 모두 정신병자라 관찰하고 싶은 강렬한 충동을 느꼈다. 실로 다수의 정신병 환자가 그 안에 있었다. 의상분일증(意想奔逸症). 언어도착증(言語倒錯症). 과대망상증(誇大妄想症). 추외언어증(醜猥言語症). 여자음란증(女子淫亂症). 지리멸렬증(支離滅裂症). 질투망상증(嫉妬妄想症). 남자음란증(男子淫亂症). 병적기행증(病的奇行症). 병적허언기편증(病的虛言欺騙症). 병적부덕증(病的不德症). 병적낭비증(病的浪費症)…….

그러다가, 문득 구보는 그러한 것에 흥미를 느끼려는 자기가, 오직 그런 것에 흥미를 갖는다는 것만으로도 이미 한 것의 환자에 틀림없다, 깨닫고, 그리고 유쾌하게 웃었다.

그러면

뭐, 세상 사람이 다 미친 사람이게. 구보 옆에 조그마니 앉아, 말없이 구보의 이야기만 듣고 있던 여급이 당연한 질문을 하였다. 문득 구보는 그에게로 향해 비스듬히 고쳐 앉으며 실례지만, 하고 그러한 말을 사용하고, 그의 나이를 물었다. 여자는 잠깐 망설거리다가,

"갓 스물이에요."

여성들의 나이란 수수께끼다. 그래도 이 계집은 갓 스물이라 볼 수는 없었다. 스물다섯이나 여섯. 적어도 스물넷은 됐을 게다. 갑자기 구보는 일종의 잔인성을 가져, 그 역시 정신병자임에 틀림없음을 일러주었다. 당의즉답증(當意卽答症). 벗도 흥미를 가져 그에게 그 병에 대해 자세한 것을 물었다. 구보는 그의 대학 노트를 탁자 위에 펴

놓고, 그 병의 환자와 의원 사이의 문답을 읽었다. 코는 몇 개요. 두 갠지 몇 갠지 모르겠습니다. 귀는 몇 개요. 한 갭니다. 셋하구 둘하고 합하면. 일곱입니다. 당신 몇 살이오. 스물하납니다(기실 38세). 매씨는. 여든한 살입니다. 구보는 공책을 덮으며, 벗과 더불어 유쾌하게 웃었다. 계집들도 따라 웃었다. 그러나 벗의 옆에 앉은 여급 말고는 이 조그만 이야기를 참말 즐길 줄 몰랐던 것임에 틀림없었다. 특히 구보 옆의 환자는, 그것이 자기의 죄 없는 허위에 대한 가벼운 야유인 것을 깨달을 턱 없이 호호대고 웃었다. 그는 웃을 때마다, 말할 때마다, 언제든 수건 든 손으로 지연을 가장해, 그의 입을 가린다. 사실 그는 특히 입이 모양 없게 생겼던 것임에 틀림없었다. 구보는 그 마음에 동정과 연민을 느꼈다. 그러나 그것은 물론, 애정과 구별되지 않으면 안 된다. 연민과 동정은 극히 애정에 유사하면서도 그것은 결코 애정일 수 없다. 그러나 증오는—, 증오는 실로 왕왕히 진정한 애정에서 폭발한다…… 일찍이 그의 어느 작품에서 사용하려다 말았던 이 일 절은 구보의 얕은 경험에서 추출된 것에 지나지 않았어도, 그것은 혹은 진리였을지도 모른다. 그런 객쩍은 생각을 구보가 하고 있었을 때, 문득, 또 한 명의 계집이 생각난 듯이 물었다. 그럼 이 세상에서 정신병자 아닌 사람은 선생님 한 분이겠군요. 구보는 웃고, 왜 나두…… 나는, 내 병은,

"다변증이라는 거라우."

"뭐요. 다변증……."

"응, 다변증. 쓸데없이 잔소리 많은 것두 다아 정신병이라우."

"그게 다변증이에요."

다른 두 계집도 입안말로 '다변증' 하고 중얼거려 보았다. 구보는 속주머니에서 만년필을 꺼내어 공책 위에다 초한다. 작가에게 있어서 관찰은 무엇에든지 필요하였고, 창작의 준비는 비록 카페 안에서라도 하여야 한다. 여급은 온갖 종류의 객을 대함으로써, 온갖 지식을 얻으려 노력하였다―. 잠깐 펜을 멈추고, 구보는 건너편 탁자를 바라보다가, 또 가만히 만족한 웃음을 웃고, 펜 잡은 손을 놀린다. 벗이 상반신을 일으켜, 또 무슨 궁상맞은 짓을 하는 거야―, 그리고 구보가 쓰는 대로 그것을 소리 내어 읽었다. 여자는 남자와 마주 대해 앉았을 때, 그 다리를 탁자 밖으로 내어놓고 있었다. 남자의 낡은 구두가 탁자 밑에서 그의 조그만 모양 있는 숙녀화를 밟을 것을 염려하여서가 아닐 게다. 그는, 오늘, 그가 그렇게도 사고 싶었던 살빛 나는 비단 양말을 신을 수 있었다. 그리고 그것은 그렇게도 자랑스러웠던 것임에 틀림없었다.

흥, 하고 벗은 코로 웃고 그리고 소설가와 벗할 것이 아님을 깨달았노라 말하고, 그러나 부디 별의별 것을 다 쓰더라도 나의 음주 불감증만은 얘기 말우―. 그리고 그들은 유쾌하게 웃었다.

구보와 벗과

그들의 대화의 대부분을, 물론 계집들은 알아듣지 못하였다. 그러면서도 그들은 능히 모든 것을 이해할 수 있었던 듯이 가장하였다. 그러나, 그것은 결코 죄가 아니었고, 또 사람은 그들의 무지를 비웃어서는 안 된다. 구보는 펜을 잡았다. 무지는 노는계집들에게 있어서,

혹은, 없어서는 안 될 물건이나 아닐까. 그들이 총명할 때, 그들에게는 괴로움과 아픔과 쓰라림과…… 그 온갖 것이 더하고, 불행은 갑자기 나타나 그들의 마음을 사로잡고 말 게다. 순간, 순간에 그들이 맛볼 수 있는 기쁨을, 다행함을, 비록 그것이 얼마나 값없는 물건이더라도, 그들은 무지라야 비로소 가질 수 있다…… 마치 그것이 무슨 진리나 되는 듯이, 구보는 노트에 초하고, 그리고 계집이 권하는 술을 사양 안 했다.

어느 틈엔가 밖에 비가 내리고 있었다. 가만한 비다. 은근한 비다. 그렇게 밤늦어, 은근히 비 내리면, 구보는 때로 애달픔을 갖는다. 계집들도 역시 애달픔을 가졌다. 그들은 우산의 준비가 없이 그들의 단벌옷과, 양말과 구두가 비에 젖을 것을 염려하였다.

유끼짱―. 보이지 않는 구석에서 취성(醉聲)이 들려왔다. 구보는 창밖 어둠을 바라보며, 문득, 한 아낙네를 눈앞에 그려보았다. 그것은 '유끼' - 눈이 그에게 준 생각이었는지도 모른다. 광교 모퉁이 카페 앞에서, 마침 지나는 그를 작은 소리로 불렀던 아낙네는 분명히 소복을 하고 있었다. 말씀 좀 여쭤보겠습니다. 여인은 거의 들릴락 말락 한 목소리로 말하고, 걸음을 멈추는 구보를 곁눈에 느꼈을 때, 그는 곧 외면하고, 겨우 손을 내밀어 카페를 가리키고, 그리고,

"이 집에서 모집한다는 것이 무엇이에요?"

카페 창 옆에 붙어 있는 종이에 '女給大募集 여급대모집' 두 줄로 나뉘어 씌어져 있었다. 구보는 새삼스러이 그를 살펴보고, 마음에 아픔을 느꼈다. 빈한은 하였을지도 모른다. 그러나 그는 제 자신 일거리를 찾아 거리에 나오지 않아도 좋았을 게다. 그러나 불행은 뜻

하지 않고 찾아와, 그는 아직 새로운 슬픔을 가슴에 품은 채 거리로 나오지 않으면 안 되었던 것일 게다. 그에게는 거의 장성한 아들이 있을지도 모른다. 혹은 그것이 아들이 아니라 딸이었던 까닭에 가엾은 이 여인은 제 자신 입에 풀칠하기를 꾀하지 않으면 안 되었을 게다. 그의 처녀 시대에 그는 응당 귀하게 아낌을 받으며 길러졌을지도 모른다. 그의 핏기 없는 얼굴에는 기품과, 또 거의 위엄조차 있었다. 구보가 말을, 삼가, 여급이라는 것을 주석할 때, 그러나, 그 분명히 마흔이 넘었을 아낙네는 그의 말을 끝까지 듣지 않고, 혐오와 절망을 얼굴에 나타내고, 구보에게 목례한 다음, 초연히 그 앞을 떠났다…….

구보는 고개를 돌려, 그의 시야에 든 온갖 여급을 보며, 대체 그 아낙네와 이 여자들과 누가 좀 더 불행할까, 누가 좀 더 삶의 괴로움을 맛보고 있는 걸까, 생각해 보고 한숨지었다. 그러나 그 좌석에서 그러한 생각을 하는 것은 옳지 않았을지도 모른다. 구보는 새로이 담배를 피워 물었다. 그러나 탁자 위에 성냥갑은 두 갑이 모두 비어 있었다.

조그만 계집아이가 카운터로, 달려가 성냥을 가져왔다. 그 여급은 거의 계집아이였다. 그가 열여섯이나 열일곱, 그렇게 말하더라도, 구보는 결코 의심하지 않았을 게다. 그 맑은 두 눈은, 그의 두 뺨의 웃음우물은 아직 오탁에 물들지 않았다. 구보가 그 소녀에게 애달픔과 사랑과, 그것들을 한꺼번에 느낄 수 있었던 것은 결코 취한 탓만이 아니었을지도 모른다. 너 내일, 낮에, 나하구 어디 놀러 가련. 구보는 불쑥 그러한 말조차 하며 만약 이 귀여운 소녀가 동의한다면,

어디 야외로 반일(半日)을 산책에 보내도 좋다고 생각한다. 그러나 소녀는 그 말에 가만히 미소하였을 뿐이다. 역시 그 웃음우물이 귀여웠다.

구보는, 문득, 수첩과 만년필을 그에게 주고, 가(可)하면 ○를, 부(否)면 ×를 그리고, ○인 경우에는 내일 정오에 화신상회 옥상으로 오라고, 네가 뭐라고 표를 질러놓든 내일 아침까지는 그것을 펴보지 않을 테니 안심하고 쓰라고, 그런 말을 하고, 그 새로 생각해 낸 조그만 유희에 구보는 명랑하게 또 유쾌하게 웃었다.

오전 두 시의

종로 네 거리 - 가는 비 내리고 있어도, 사람들은 그곳에 끊임없다. 그들은 그렇게도 밤을 사랑하여 마지않았는지도 모른다. 그들은 그렇게도 용이하게 이 밤에 즐거움을 구하여 얻을 수 있었는지도 모른다. 그리고 그들은 일순, 자기가 가장 행복된 것같이 느낄 수 있었는지도 모른다. 그러나 그들의 얼굴에, 그들의 걸음걸이에 역시 피로가 있었다. 그들은 결코 위안받지 못한 슬픔을, 고달픔을 그대로 지닌 채, 그들이 잠시 잊었던 혹은 잊으려 노력하였던 그들의 집으로 그들의 방으로 돌아가지 않으면 안 된다.

이렇게 밤늦게 어머니는 또 잠자지 않고 아들을 기다릴 게다. 우산을 가지고 나가지 않은 아들에게 어머니는 또 한 가지의 근심을 가질 게다. 구보는 어머니의 조그만, 외로운, 슬픈 얼굴을 생각하였다. 그리고 제 자신 외로움과 또 슬픔을 맛보지 않으면 안 된다. 구보는 거의 외로운 어머니를 잊고 있었던 것임에 틀림없었다. 그러나 어머니는 그 아들을 응당, 온 하루, 생각하고 염려하고, 또 걱정하였을 게다. 오오, 한없이 크고 또 슬픈 어머니의 사랑이여. 어버이에게서 남편에게로, 그리고 다시 자식에게로, 옮겨가는 여인의 사랑 – 그러나 그 사랑은 자식에게로 옮겨간 까닭에 그렇게도 힘 있고 또 거룩한 것이 아니었을까.

구보는, 벗이, 그럼 또 내일 만납시다. 그렇게 말하였어도, 거의 그것을 알아듣지 못하였다. 이제 나는 생활을 가지리라. 생활을 가지리라. 내게는 한 개의 생활을, 어머니에게는 편안한 잠을, 평안히 가 주무시오. 벗이 또 한 번 말했다. 구보는 비로소 그를 돌아보고, 말 없이 고개를 끄떡하였다. 내일 밤에 또 만납시다. 그러나, 구보는 잠깐 주저하고, 내일, 내일부터, 내 집에 있겠소, 창작하겠소―.

"좋은 소설을 쓰시오."

벗은 진정으로 말하고, 그리고 두 사람은 헤어졌다. 참말 좋은 소설을 쓰리라. 번 드는 순사가 모멸을 가져 그를 훑어보았어도, 그는 거의 그것에서 불쾌를 느끼는 일도 없이, 오직 그 생각에 조그만 한 개의 행복을 갖는다.

"구보―"

문득 벗이 다시 그를 찾았다. 참, 그 수첩에다 무슨 표를 질렀나 좀 보우. 구보는, 안주머니에서 꺼낸 수첩 속에서, 크고 또 정확한 ×를 찾아내었다. 쓰디쓰게 웃고, 벗에게 향해, 아마 내일 정오에 화신상회 옥상으로 갈 필요는 없을까 보오. 그러나 구보는 적어도 실망을 갖지 않았다. 설혹 그것이 ○ 표라 하였더라도 구보는 결코 기쁨을 느낄 수는 없었을 게다. 구보는 지금 제 자신의 행복보다도 어머니의 행복을 생각하고 싶었을지도 모른다. 그 생각에 그렇게 바빴을지도 모른다. 구보는 좀 더 빠른 걸음걸이로 은근히 비 내리는 거리를 집으로 향한다.

어쩌면, 어머니가 이제 혼인 얘기를 꺼내더라도, 구보는 쉽게 어머니의 욕망을 물리치지는 않을지도 모른다.

- 박태원, 《소설가 구보 씨의 일일》, 문학과지성사, 2005

가루삐스[칼피스] 일본의 유산균 음료의 상표명.

각모 윗면이 네모난 모자.

간다[神田] 도쿄도 지요다구 북동부에 있는 지역의 이름.

감 옷감을 세는 단위. 한 감은 치마 한 벌을 뜰 수 있는 크기.

감미하다 맛이나 느낌 따위가 달콤하고 좋다.

개천룡지개 아쿠타가와 류노스케(1892~1927). 〈라쇼몽〉으로 잘 알려진 일본의 소설가.

객적다 행동이나 말, 생각이 쓸데없고 싱겁다.

겁하다 약하거나 겁이 많다.

경난하다 어려운 일을 겪다.

곱보 'Cup'을 이르는 일본어 '고뿌'와 같은 말.

공융 중국 후한 말기의 학자(153~208).

광구 관청에서 어떤 광물의 채굴이나 시굴을 허가한 구역.

광무소 광업에 관한 모든 제출 서류를 대신 써 주던 영업소.

금력 돈의 힘. 또는 금전의 위력.

길옥신자 요시야 노부코(1896~1973). 《꽃 이야기》로 유명한 일본의 소설가.

꺽다점 예전에, '찻집'을 이르던 말.

남주 이기지 못할 정도로 술을 많이 마심.

내용 증명 우체국에서 우편물의 내용을 서면으로 증명해 주는 제도. 발신자가 우편물의 기재 내용을 소송상의 증거 자료로 삼으려고 할 때 이용된다.

네일클리퍼 손톱깎이.

다료[茶寮] 찻집 겸 여관.

다정다한 애틋한 정도 많고 한스러운 일도 많음.

단장 짧은 지팡이.

대정 '다이쇼'를 한자식으로 쓴 것. 일본 다이쇼 천황 시대(1912~1926)의 연호.

대창옥 남대문시장 대로변에 있던 설렁탕집.

도구유별전 유럽 유학을 앞두고 벌이는 고별 전시회.

독견의 〈승방비곡〉 소설가이자 언론인인 최상덕(1901~1970, '독견'은 필명)이 지은 장편소설.

둔케르 청장관 옛날 보청기의 한 가지. 길고 가느다란 고무관 끝에 나팔 모양의 기구가 있고 다른 한쪽을 귀에 대고 소리를 듣는다. 청진기와 비슷하지만 귀에 꽂는 것이 한쪽밖에 없다.

드난 임시로 남의 집 문간방에 붙어 지내며 그 집의 일을 도와줌. 또는 그런 사람.

득의감 일이 뜻대로 이루어져 만족해하는 느낌.

라부 파레드 〈The Love parade〉(1929), 에른스트 루비치 감독의 뮤지컬 코미디 영화.

로도 목약 일본의 제약회사인 '신천당산전안민약방(지금의 (주)로토제약)'에서 만든 로토(Rohto) 안약.

린네르 쓰메에리 리넨('아마'라는 풀에서 뽑은 실)으로 만든, 목깃을 세워서 입는 일본식 양복.

매씨 ① 남의 손아래 누이를 높여 이르는 말. ② 자기의 손위 누이를 이르는 말.

맥고모자 밀짚이나 보릿짚으로 만든 모자.

무장야관 무사시노관. 1928년에 도쿄 신주쿠에 세워진 영화관.

문면 문장이나 편지에 나타난 대강의 내용.

박두하다 기일이나 시기가 가까이 닥쳐오다.

반색 매우 반가워하는 기색.

반자 지붕 밑이나 위층 바닥 밑을 편평하게 하여 치장한 각 방의 윗면.

발스 센티멘탈 Valse Sentimenale(왈츠 센티멘탈). 슈베르트의 왈츠곡인 〈센티멘탈〉.

방약무인하다 곁에 사람이 없는 것처럼 아무 거리낌 없이 함부로 말하고 행동하는 태도가 있다.

방종성 제멋대로 행동하여 거리낌이 없는 성질.

백동화 구리와 니켈의 합금인 백통으로 만든 돈.

벰베르구 실 독일 벰베르크 회사가 인조 섬유로 만든 실. 광택이 부드럽고 마찰에 강하나 물에 약하다.

변해 말로 풀어 자세히 밝힘.

보이루 치마 보일(voile, 면·양털·실크 등으로 거의 투명하게 만든 천)로 만든 치마.

봉함 편지를 봉투에 넣고 봉함. 또는 그 편지.

부란 ① 썩어 문드러짐. ② 생활이 문란함을 비유적으로 이르는 말.

부로 한 동네에서 나이가 많은 남자 어른을 높여 이르는 말.

부전감 불완전한 느낌. 또는 불안한 느낌.

부종 몸이 붓는 증상. 심장병이나 콩팥병 또는 몸의 어느 한 부분의 혈액 순환 장애로 생긴다.

부청 일제강점기에, 부(府)의 행정 사무를 처리하던 관청.

삐꾸 '반창고'를 뜻하는 말인 듯하다.

사행심 뜻밖의 행운을 바라는 마음.

살풍경하다 풍경이 보잘것없이 메마르고 스산하다.

삼등 대합실 삼등 열차(등급이 가장 낮은 일반 열차)를 탈 사람들이 열차를 기다리는 곳.

삼전정마(森田正馬) 모리타 마타사케(1874~1938). '모리타 요법'을 창시한 일본의 신경정신과 의사.

새로 (12시를 넘긴 시각 앞에 쓰여) 시각이 시작됨을 이르는 말.

석천탁목 이시카와 다쿠보쿠(1886~1912). 일본의 시인·평론가. 사회주의 사상을 추구했으며 청년 계몽에 힘썼다.

세책집 돈을 받고 책을 빌려주는 책방.

소오다스이 소다수(탄산수).

소제하다 더럽거나 어지러운 것을 쓸고 닦아서 깨끗하게 하다.

속무 여러 가지 세속적인 잡무.

슈트케이스 주로 여행을 할 때 많은 짐을 넣기 위해 쓰는 가방.

시래정 야라이초. 우시고메구(지금의 신주쿠구)에 속한 마을.

신기료장수 헌 신을 꿰매어 고치는 일을 직업으로 하는 사람.

신조사 1896년에 창업한 일본의 출판사.

심미안 아름다움을 살펴찾는 안목.

심방 방문하여 찾아봄.

아재비 작은아버지. 작품에서는 '시동생'을 이르는 말로 쓰였다.

아주멈 형이나 형뻘이 되는 남자의 아내를 이르거나 부르는 말.

안잠자기 안잠(여자가 남의 집에서 먹고 자며 그 집의 일을 도와주는 일).

암영 ① 어두운 그림자. ② 어떤 일을 이루는 데 지장이나 방해가 되는 나쁜 징조나 그 영향.

앙드레 지드 프랑스의 소설가, 비평가(1869~1951).

야시 야시장(밤에 벌이는 시장).

약초정 서울 중구 초동의 일제강점기 명칭.

양지 서양에서 들여온 종이. 또는 서양식으로 만든 종이.

양행비 서양으로 여행 가는 비용.

엘만 미샤 엘만(1891~1967). 러시아 출신 바이올리니스트.

여사 일정한 돈을 받고 손님을 묵게 하는 집.

영락하다 세력이나 살림이 줄어들어 보잘것없이 되다.

오수 낮잠.

오탁 더럽고 혼탁한 것.

외교원 은행이나 회사에서 교섭이나 권유, 선전, 판매를 위하여 고객을 방문하는 일이 주된 업무인 사원.

우입구 우시고메구. 한때 일본 도쿄에 있던 구(區) 가운데 하나.

울가망 근심스럽거나 답답하여 기분이 나지 않음. 또는 그런 상태.

웃음우물 보조개.

월륜 둥근 모양의 달. 또는 그 둘레.

유끼 눈. 또는 흰 것을 비유적으로 이르는 말.

유동 의자 앉는 데를 의자처럼 만든 그네.

유민 직업이 없이 놀며 지내는 사람.

윤백남의 〈대도전〉 극작가이자 소설가인 윤백남(1888~1954)이 1919년 연재한 대중소설.

융 무명실로 짠 후 보풀이 일게 한 부드러운 천.

은좌(銀座) 긴자. 에도시대 은화주조소 터에 세워진 곳으로, '은화를 만드는 거리'에서 유래한 지명이다.

인단 은단(향기로운 맛과 시원한 느낌이 나는 작은 알약).

일면식 서로 한 번 만나 인사나 나눈 정도로 조금 앎.

임금 능금(사과와 비슷하지만 크기가 훨씬 작은 능금나무의 열매).

자로 중국 춘추시대 노나라의 유학자(B.C.543~B.C.480). 공자의 제자.

장곡천정 서울 중구 소공동의 일제강점기 명칭.

전경부 목의 앞쪽 부분.

전당 기한 내에 돈을 갚지 못하면 맡긴 물건 따위를 마음대로 처분하여도 좋다는 조건으로 돈을 빌리는 일.

점 예전에, 시각을 세던 단위. '한 점 반'은 새벽 1시 30분.

제임스 조이스 '의식의 흐름' 기법을 대표하는 아일랜드의 소설가(1882~1941).

조달수 우리나라에서 만든 탄산음료.

졸하다 재주나 재능이 없거나 서투르다.

종시 끝까지 내내.

주단포목 명주, 비단, 베, 무명 따위의 온갖 직물류를 통틀어 이르는 말.

짐보오쪼오〔神保町〕 간다 지역의 지명 중 하나인 '진보초'.

차장대 차장(기차, 버스, 전차 따위에서 찻삯을 받거나 차의 원활한 운행과 승객의 편의를 도모하는 사람)이 위치해 있는 곳.

철겹다 제철에 뒤져 맞지 아니하다.

초하다 글의 초안을 잡다.

춘부 사토 하루오(1892~1964). 일본의 소설가이자 시인.

취성 술에 취한 사람이 내는 소리.

치매적 안모 지능이 떨어져 보이는 얼굴. 또는 늙어 보이는 얼굴.

칸통 넓이의 단위. 한 칸통은 집의 몇 칸쯤 되는 넓이.

탁설 뛰어난 주장이나 의견.

태평통 '태평로'의 일제강점기 이름. 남대문 서북쪽에 조선 시대 중국 사신이 머물던 태평
관이 있었던 데서 유래되었다.

파나마 파나마모자(파나마모자풀의 잎을 잘게 쪼개어서 만든 여름 모자).

팔뚝시계 손목시계(손목에 차는 작은 시계).

팽륭 크게 부풀어 오르거나 튀어나온 것.

포도 포장도로.

학령 초등학교에 들어가야 할 나이.

해 것(그 사람의 소유임을 나타내는 말). '아주멈 해'는 '아주머니 것'이라는 말이다.

헤뜨리다 마구 흩어지게 하다.

호젓하다 쓸쓸하고 외롭다.

혼도 정신이 어지러워 쓰러짐.

혼화되다 한데 섞이어 합쳐지다.

홍소하다 입을 크게 벌리고 웃거나 떠들썩하게 웃다.

화미하다 환하게 빛나며 곱고 아름답다.

회중시계 몸에 지닐 수 있게 만든 작은 시계.

효양 어버이를 효성으로 봉양함.

묻고 답하며 읽는
〈소설가 구보 씨의 일일〉

배경

인물·사건

작품

주제

1_ 경성을 걷다

당시 경성은 어떤 모습이었나요?

전차 요금은 얼마인가요?

가배차가 뭔가요?

'황금광 시대'가 뭔가요?

2_ 구보 씨를 만나다

구보는 왜 일자리 얻기가 힘든가요?

구보는 왜 결혼을 고민하나요?

구보는 왜 이렇게 아픈 데가 많나요?

'모데로노로지오'가 뭔가요?

구보가 바라는 행복은 무엇인가요?

3_창작 노트를 엿보다

왜 사건과 갈등이 없나요?

쉼표가 왜 이렇게 많나요?

구보와 작가는 동일 인물인가요?

주제가 뭔가요?

경성을 걷다

당시 경성은 어떤 모습이었나요?

그래도, 구보는, 약간 자신이 있는 듯싶은 걸음걸이로 전차 선로를
두 번 횡단해 화신상회 앞으로 간다. 그리고 저도 모를 사이에 그
의 발은 백화점 안으로 들어서기조차 하였다.

젊은 내외가, 너덧 살 되어 보이는 아이를 데리고 그곳에 가 승강
기를 기다리고 있었다. 이제 그들은 식당으로 가서 그들의 오찬을
즐길 것이다. 흘낏 구보를 본 그들 내외의 눈에는 자기네들의 행복
을 자랑하고 싶어 하는 마음이 엿보였는지도 모른다.

경성은 1930년대 당시에도 우리나라 최대의 도시였어요. 백화점도 있
고 전차도 다녔지요. 카페와 술집도 많았답니다.

소설에 나오는 '화신상회'는 원래 귀금속을 거래하는 가게였는데,
1931년에 박흥식이라는 사람이 사들여 백화점으로 만들었어요. 지하
1층에 지상 6층으로 이루어진 이 백화점은 엘리베이터와 에스컬레이
터 시설이 있었다고 해요. 당시 경성에는 미스코시, 미나카이, 조지아,
히라다 등 일본 백화점만 있었는데, 화신백화점은 최초로 한국인이
경영한 백화점이었지요. 그러나 박흥식은 친일 행적 때문에 《친일인명
사전》에 오르는 불명예를 안게 되었답니다.

'전차'는 경성 교통에서 매우 큰 부분을 차지한 '경성 시민의 발'이었어요. 기록에 의하면 1899년부터 종로 일대를 운행하기 시작했다고 해요. 일제강점기에는 일본인

전차 노선도와 전차가 그려져 있는 엽서

중심지로 노선이 확대되었고, 외곽 노선도 추가되었다고 합니다. 경성 시내에는 전차뿐 아니라 버스도 있었고 택시도 있었어요. 심지어 지금의 '서울시티투어버스'처럼 경성 시내를 둘러볼 수 있는 '경성명소유람버스'도 있었다고 하네요.

오른쪽의 사진은 본정(지금의 명동) 거리의 모습이에요. 예나 지금이나 명동은 새로운 유행을 선도한 곳으로, 상점들이 많았습니다. 또 당시 경성의 모습을 담은 엽서 속 사진들을 보면, 역동적이고 복잡한 도시 거리의 모습을 느낄 수 있습니다.

구보가 걸었던 길도 그런 길이었을 거예요. 그 길을 걸으며 구보는 어떤 생각을 했을까요?

전차 요금은 얼마인가요?

표, 찍읍쇼— 차장이 그의 앞으로 왔다. 구보는 단장을 왼팔에 걸고, 바지 주머니에 손을 넣었다. 그러나 그가 그 속에서 다섯 닢의 동전을 골라내었을 때, 차는 종묘 앞에 서고, 그리고 사장은 세사리로 돌아갔다.

구보는 눈을 떨어뜨려, 손바닥 위의 다섯 닢 동전을 본다. 그것들은 공교롭게도 모두가 뒤집혀 있었다. 대정(大正) 12년. 11년. 11년. 8년. 12년. 대정 54년—, 구보는 그 숫자에서 어떤 한 개의 의미를 찾아내려 들었다.

구보는 전차를 타기 위해 다섯 닢의 동전을 골라냅니다. 당시 우리나라에서 사용되던 동전은 일본에서 들어온 것들인데, '대정'이라는 연호가 찍힌 동전은 모두 다섯 종이었어요. '50전, 10전, 5전, 1전, 5리' 이렇게 다섯 종인데, 50전은 은화, 10전과 5전은 백동화, 1전과 5리는 청동화였답니다. 이 가운데 구보가 전차 삯으로 치른 동전은 어떤 것이었을까요?

1930년대 초반에는 전차 삯이 대체로 5전이었으니, 구보가 꺼낸 동전은 1전짜리였을 겁니다.

구보는 다방 안의 한 구획을 그의 시야 밖에 두려 노력하며, 사람과 사람 사이의 교섭의 번거로움을 새삼스러이 느끼지 않으면 안 된다.

구보는 백동화를 두 푼, 탁자 위에 놓고, 그리고 공책을 들고 그 안을 나왔다.

그럼 다방에서 구보가 마신 차 한 잔의 가격은 얼마일까요? 백동화 두 푼이라고 했으니, 10전에서 20전 사이겠네요. 당시 물가 자료를 보면, 커피 한 잔 가격이 10전에서 15전 정도였다고 하니, 아마도 구보가 탁자 위에 올려둔 백동화는 5전짜리 2개이거나 5전짜리와 10전짜리 하나씩이었을 것 같습니다.

그렇다면 전차 삯과 차 한 잔 값을 지금의 돈으로 환산하면 얼마일까요?

당시의 물가를 현재 기준으로 맞춰보는 것은 꽤 어려운 일이에요. '쌀'을 기준으로 하느냐 '땅'을 기준으로 하느냐에 따라 달라질 수 있거든요. 당시 쌀 가격을 기준으로 금액을 알아볼게요.

1930년에 쌀 한 가마는 13원 정도였어요. 쌀 한 가마는 80킬로그램이지요. 현재 쌀 한 가마는 20만 원쯤 해요. 그렇다면 1원(100전)의 가격은 약 15,000원(20만 원/13원) 정도로 볼 수 있어요. 그렇다면 1전이 오늘날 150원 정도 된다고 할 수 있겠네요. 그러니까 전차 삯인 5전은 750원, 다방에서 마신 차 한 잔은 1,500원에서 2,250원 정도인 셈입니다.

다음 자료는 한국콘텐츠진흥원에서 조사한 '통계로 보는 경성 관련 자료' 중 하나인데, 1930년대 물가를 확인할 수 있어요.

1932년 먹거리 비용(단위: 전)

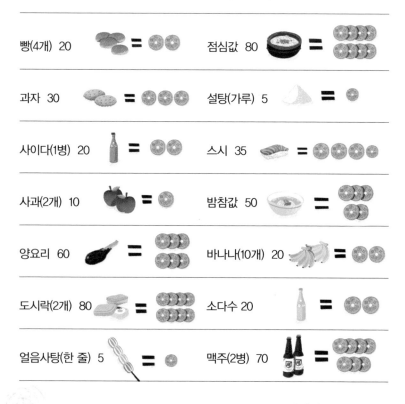

빵(4개) 20	점심값 80
과자 30	설탕(가루) 5
사이다(1병) 20	스시 35
사과(2개) 10	밤참값 50
양요리 60	바나나(10개) 20
도시락(2개) 80	소다수 20
얼음사탕(한 줄) 5	맥주(2병) 70

《별건곤》 1932년 5월

동전 속 대정(大正)

대정(大正)은 일본의 연호입니다. '연호'란 군주국가에서 '군주가 다스리던 기간에 붙이는 칭호'를 말해요. '대정'은 일본의 제123대 천황인 요시히토가 1912년에 즉위하면서 시작되었답니다. 1926년에 히로히토가 즉위하면서 소화(昭和)로 바뀔 때까지 약 15년간 사용되었어요.

그렇다면 소설 속 동전에 찍힌 대정 8년, 11년, 12년은 언제일까요? 대정 8년은 1912년으로부터 8년이 흐른 후이니 1919년이겠죠. 그럼 대정 11년은 1922년, 대정 12년은 1923년이 되겠네요. 1919년, 1922년, 1923년에 어떤 일이 일어났기에 작가는 동전에 이 세 연도가 쓰여 있었다고 언급한 걸까요? 각각의 해에 일어난 일들을 아래 표를 통해 확인해 봅시다.

1919년	• 도쿄에서 유학생 600여 명이 '2 · 8 독립선언'을 발표함. • 3·1 운동 등 전국 각지에서 독립운동이 일어남. • 상하이에 '대한민국 임시정부'가 수립됨. • 만주 길림에서 의열단(단장: 김원봉)이 결성됨.
1922년	• 상하이에서 의열단 소속 김익상, 오성륜 등이 일본 육군대장을 저격하려다 체포됨. • '조선미술전람회'가 개최됨. • 조선 역사 왜곡을 위해 총독부에 '조선사 편찬위원회'가 설치됨.
1923년	• 의열단 단원 김상옥이 종로경찰서에 폭탄 투척 후 저항 끝에 자결함. • 관동대지진으로 인한 조선인 대학살 • 일본 도쿄에서 박열이 천황 암살 기도 혐의로 검거됨.

박태원을 연구하는 학자들이 주목한 것은 의열단 활동이에요. 의열단의 활동 기간은 1919년부터 1926년까지지만, 1924년부터는 급진적 민족주의, 사회주의 노선으로 전환하면서 분열되기 시작했기 때문에 1923년까지를 의열단의 중요 활동 기간으로 봅니다. 이는 소설 속 동전에 있는 1919년에서 1923년과 맞아떨어져요. 3·1 운동 이후 저항 의지가 불타오르고 있을 때 의열단의 활약은 우리 민족에게 큰 위로와 힘이 되어주었을 거예요.

가배차가 뭔가요?

다방의 오후 두 시, 일을 가지지 못한 사람들이 그곳 등의자에 앉아, 차를 마시고, 담배를 태우고, 이야기를 하고, 또 레코드를 들었다. 그들은 거의 다 젊은이들이었고, 그리고 그 젊은이들은 그 젊음에도 불구하고, 이미 자기네들은 인생에 피로한 것같이 느꼈다. (중략)
구보는 아이에게 한 잔의 가배차와 담배를 청하고 구석진 등탁자로 갔다.

'가배차'는 커피(Coffee)를 한자어를 빌려 나타낸 말이에요. 우리나라에 커피가 처음 들어온 것은 서양에 문호를 개방한 1880년대 이후입니다. 1880년대에 미국, 영국, 독일, 러시아, 프랑스 등의 공사관이 조선에 들어서면서 각국의 음식 문화와 식료품 등이 들어오게 되는데, 커피도 이때 들어오게 되었지요. 실제로 고종 황제가 커피를 즐겨 마셨다고 하네요. 서양의 신문물이 밀려 들어오면서 수많은 젊은이가 커피를 즐기고 싶어 했고, 1920년대부터 서울의 종로와 명동을 중심으로 '다방'이 유행하기 시작했답니다.

1930년대는 다방의 전성기라고 할 수 있어요. 모던걸, 모던보이의

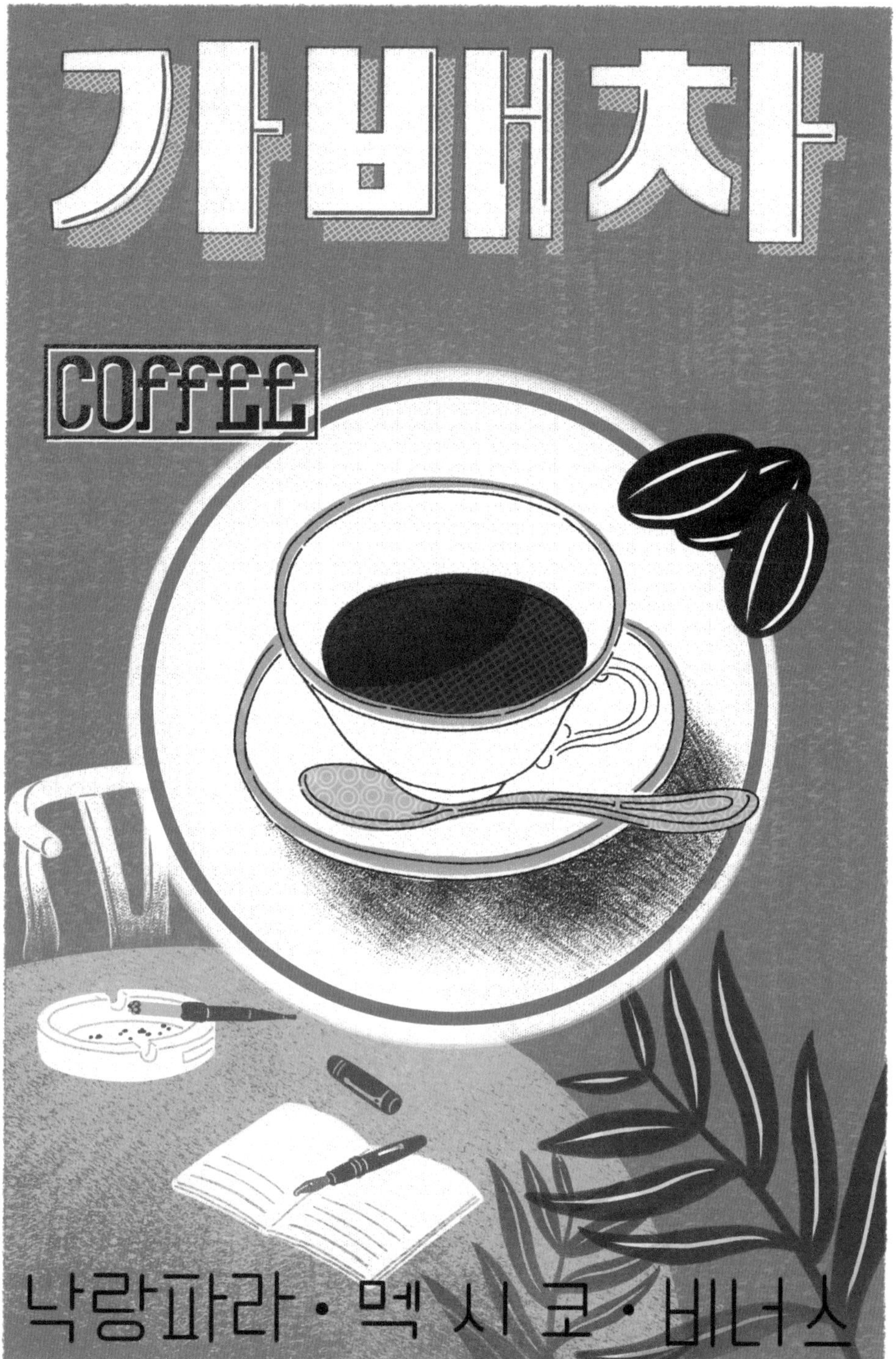
가배차
COFFEE
낙랑파라 · 멕 시 코 · 비너스

대표적인 데이트코스는 활동사진(영화)을 보고 다방에서 커피를 마시는 것이었다고 합니다. 그들은 원피스를 입고 정장에 중절모를 쓰고 다방에 와서 커피를 마셨다 하니, 다방은 그야말로 서양 문물과 도시 문화의 상징이었던 셈입니다.

1930년대는 예술가들이 다방을 열기 시작했어요. '비너스, 멕시코 다방, 낙랑파라' 등이 대표적이지요. 소설 속에서 구보가 여러 번 방문하는 다방은 '낙랑파라'입니다. 낙랑파라는 스페인에 온 듯한 느낌을 주는 남국의 화초가 문 앞에 놓여 있고, 다양한 예술가의 사진이 벽에 걸려 있어서 마치 영화 세트징 같은 분위기였다고 하네요. 여기서 그림 전시회도 열리고, 레코드사 주최의 신곡 발표회가 열리기도 했다고 하니, 낙랑파라는 그야말로 1930년대의 '문화예술 복합공간'이라 할 수 있을 것 같습니다.

소설 후반부에 '카페'가 등장하는데, 당시 카페와 다방은 분위기가 좀 달랐어요. 다방이 대체로 예술가들이 모이는 문화예술 공간이었다면, 카페는 커피뿐 아니라 술도 함께 판매하는 유흥 공간이었습니다. 카페에는 손님을 접대하는 여성들이 있었는데, 이들이 바로 소설 속에 등장하는 여급입니다('여급'은 원래 가게에서 일하는 여성 직원을 이르는 말인데, 카페 여급은 주로 손님을 접대하는 일을 담당함). 1920~30년대에 카페에서 술을 마시는 손님들은 주로 돈이 많은 사람들이었어요. 한국인보다는 일본인 손님이 많았지요. 그래서 카페 여급들은 주로 '~꼬' 같은 일본식 이름을 사용했답니다.

'황금광 시대'가 뭔가요?

황금광 시대(黃金狂時代).

저도 모를 사이에 구보의 입술은 무거운 한숨이 새어 나왔다. (중
략) 시내에 산재한 무수한 광무소(鑛務所). 인지대 100원. 열람비
5원. 수수료 10전. 지도대 18전…… 출원 등록된 광구, 조선 전토
(全土)의 7할. 시시각각으로 사람들은 졸부가 되고, 또 몰락해 갔
다. 황금광 시대. 그들 중에는 평론가와 시인, 이러한 문인들조차
끼어 있었다. (중략) 그러나, 고도의 금광열은, 오히려, 총독부 청
사, 동측 최고층, 광무과 열람실에서 볼 수 있었다…….

'황금광 시대(黃金狂時代)'는 '황금에 미친 시대'란 뜻인데, 이 말은 찰
리 채플린의 영화 〈황금광 시대(The gold rush)〉(1925)에서 따왔습
니다. 당시 어떤 일들이 벌어졌기에 이런 표현을 썼을까요?

　직업 갖기도 어려웠던 경제 불황의 1930년대에 금광업만이 100%
이상의 성장률을 보이며 경제 성장의 동력이 됩니다. 모두가 너나 할
것 없이 금을 캘 수 있는 금광을 찾으려고 혈안이 되었지요. 금광을
발견하여 졸부가 된 사람의 이야기가 연일 신문 1면을 장식했고, 이
는 사람들에게 황금빛 꿈을 꾸게 만들었습니다. 멀쩡한 직업을 내팽

개치고 금광을 찾으러 다닐 정도였지요.

모두가 발 벗고 나서서 금광을 찾아다녔지만 전부 벼락부자가 된 것은 아니에요. 금광을 찾던 이들의 70%는 작업 비용을 감당하지 못하고 포기했고, 금을 캐겠다고 자신의 땅을 뒤엎어 몰락한 이들도 있었답니다. 광부로 일하며 금을 훔치려는 사람도 생겨났어요. 결국 금광은 자본을 가진 이들의 배를 더 불려주는 역할을 했고, 그것은 곧 일본 기업들의 이익으로 돌아갔습니다.

이런 '황금광 시대'는 일본의 정책에서 비롯된 면도 있습니다.

금은 국제 교역에서 화폐 대신 이용되기도 했는데, 일본이 경제 불황을 겪으면서 수출과 소비가 모두 줄어들고 금은 외국으로 빠져나가기만 했어요. 게다가 다른 나라들은 금 수출을 막아버려서 금을

들여올 길마저 막혀버리지요. 전쟁을 준비하고 있던 일본은 금이 더욱더 절실해집니다. 해외에서 금을 구해 올 수 없으니 방법은 하나밖에 없었습니다. 바로 금을 캐는 것이지요.

일본은 한국에서 금 캐기를 독려하는 '산금 정책'을 실시하고 돈을 풉니다. 금광에 보조금을 지급하고 생산된 금을 고가에 사들이죠. 그 결과 우리나라 땅의 70%가 금광으로 등록되었고, 1939년에는 세계에서 여섯 번째 금 생산국이 되었습니다.

그러나 금을 캐면 캘수록 한국 땅에 유통되는 금은 현저히 줄어들고, 생산되는 족족 금괴 운반선에 실려 일본 은행으로 옮겨졌어요. 찬란하게 빛날 줄 알았던 황금광 시대는 아이러니하게도 희망이 꺼져 가는 황혼의 시대가 되어버리고 말았습니다.

2

구보 씨를 만나다

구보는 왜 일자리 얻기가 힘든가요?

아들은 지금 세상에서 월급 자리 얻기가 얼마나 힘든 것인가를 말한다. 하지만, 보통학교만 졸업하고도, 고등학교만 나오고도, 회사에서 관청에서 일들만 잘하고 있는 것을 알고 있는 어머니는, 고등학교를 졸업하고도, 또 동경엘 건너가 공불 하고 온 내 아들이, 구해도 일자리가 없다는 것이 도무지 믿어지지가 않았다.

1930년대 우리나라 인구는 약 2100만 정도였는데, 1930년대 중반까지 보통학교를 입학한 비율은 26%, 고등보통학교까지 진학한 사람의 비율은 0.09%에 불과했다고 해요. 구보처럼 고등보통학교를 졸업하고 동경에까지 가서 공부한 사람의 숫자는 더 적었겠죠. 이렇게 고학력자이고 앞날이 창창한 스물여섯 살의 구보는 왜 일자리 얻기가 힘들다고 했을까요?

오늘날도 그렇지만, 당시에도 청년 취업난이 심각했다고 합니다. 국내외적 요인들이 있는데, 그 원인을 하나씩 살펴볼까요?

첫째, 세계 대공황

1929년 미국의 주식시장이 붕괴되면서 미국 경제가 불황을 겪는

데, 그 여파가 세계 경제에도 미쳤어요. 우리나라도 예외가 아니었지요. 당시 우리나라는 세계 여러 나라와 교역을 했는데, 대공황 이후 교역량이 3분의 1로 줄었다고 합니다. 교역량이 줄어들면서 일거리도 줄어, 관련 업종에서 일하는 사람들이 정리 해고를 당하는가 하면, 고등보통학교 졸업생의 취업률도 3분의 1 수준으로 떨어졌다고 하네요.

둘째, 치열한 취업 경쟁

구보의 어머니는 구보가 월급쟁이가 되길 바랍니다. 1929년의 한 조사에 따르면, 우리나라 전체 인구 가운데 직업을 가진 인구가 58%인데, 이 중 81%는 농업·목축업·임업에 종사했다고 해요. 월급쟁이는 5%도 안 되었습니다. 이처럼 자리가 많지 않다 보니 경쟁이 치열할 수밖에 없었겠지요.

당시에도 교육이 출세와 안정된 직업을 보장한다고 생각하는 분위기여서 고등보통학교의 경쟁률이 3:1에서 5:1에 달했다고 합니다. 경쟁을 뚫고 입학했다 하더라도, 졸업하고 나면 험난한 취업 경쟁이 기다리고 있었습니다.

셋째, 일본인과의 차별

일본은 고등교육의 예비 과정이라 할 수 있는 중등교육을 극도로 억압함으로써 한국인이 고등교육을 받을 수 있는 기회를 차단하려 했어요. 이는 직업 선택에도 제한이 있었음을 의미하지요.

일본이 관공서의 하급 관리를 맡을 한국인 비중을 좀 늘리기는 했지만, 그래도 30% 수준밖에 안 되었어요. 직업을 갖는다 해도 한국

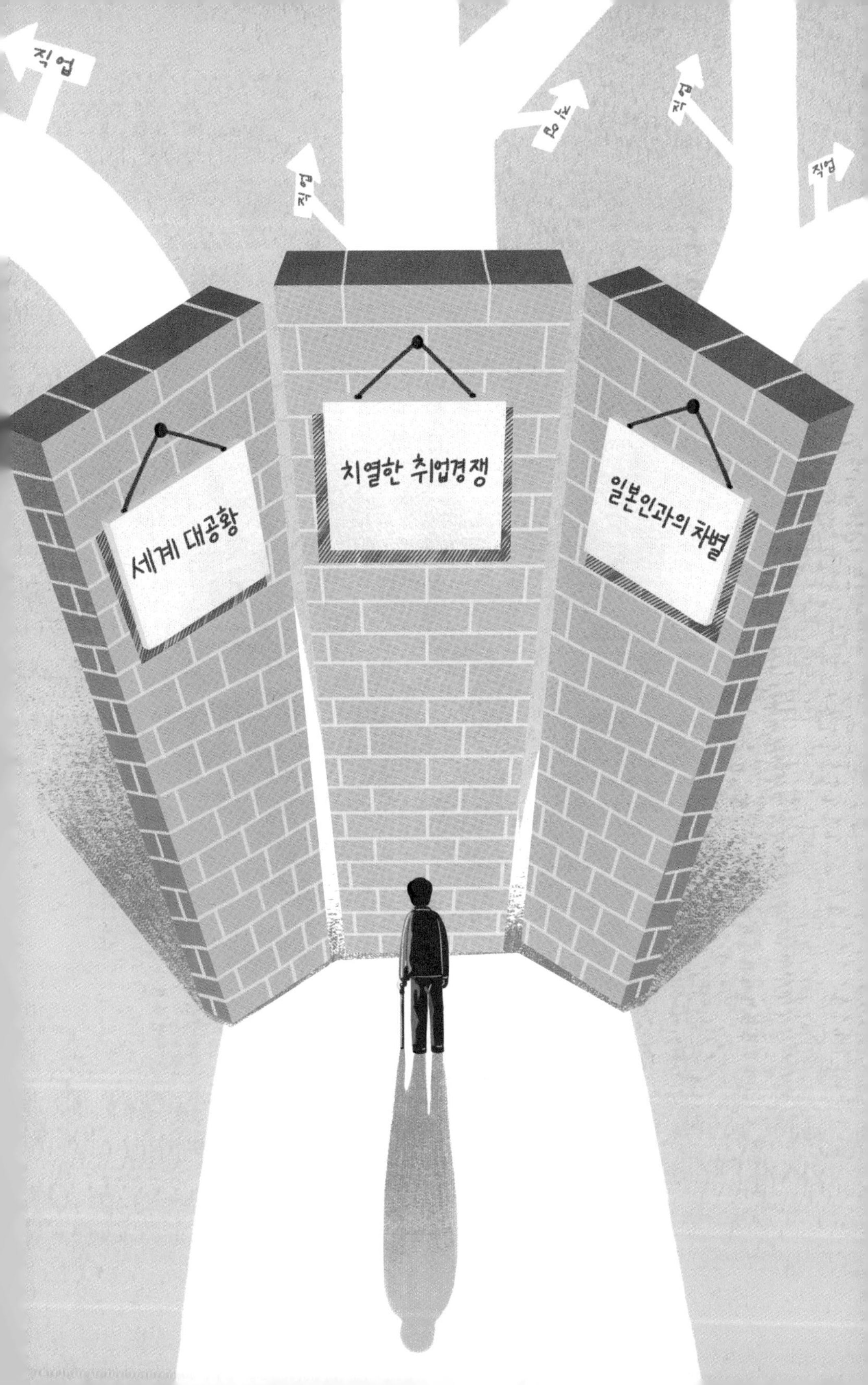
직업
직업
직업
직업
세계 대공황
치열한 취업경쟁
일본인과의 차별

인은 인격적인 차별을 받았을 뿐 아니라, 업무상 승진하는 데도 한계가 있었으며, 월급도 일본인의 절반 이하였다고 합니다.

1930년대 한국인과 일본인의 취업률 비교

	경영자	소산자 (영세 자영업자)	지식인 계층 (화이트칼라)	기능공	미상	무직
한국인	0.12%	16.16%	1.04%	9.02%	0.19%	73.47%
일본인	9.54%	5.26%	31.14%		–	54.06%

위의 표를 보면 우리나라의 지식인 계층은 1.04%만이 직업을 갖고 있었어요. 당시 얼마나 많은 지식인들이 직업을 갖지 못했는지 알 수 있습니다.

경제 불황과 놈팡이

'놈팡이'는 직업이 없이 빌빌거리며 노는 사내를 낮잡아 이르는 말이에요. 부랑자를 뜻하는 독일어 '룸펜(lumpen)'에서 온 말이지요. 1930년대에 구보처럼 직장을 구하지 못한 사람들을 '룸펜'이라고 불렀답니다.

경제 불황으로 룸펜이라 불리는 사람들의 수가 점점 많아지자 사회적으로 화제가 되어, 당시 신문에 실업자의 이야기가 실리기도 합니다.

> 실업자의 심경은 그가 아니면 모른다. 아침에 뜨는 해도 보기 싫고 밤에 뜨는 달도 보기 싫고, 모든 색채 모든 움직이는 물체 아무리 좋은 소리라도 다 듣기 싫고, 도대체 사는 것이 싫다. 집 안에 있으면 쳐다보고 바라다보고 무에 나올까 하고 기다리는 집안 식구가 가엽고, 밖에 나오는 사람마다 '요새 무얼 하시우.' 하는 말을 들으면 주둥이를 쥐어박고 싶다.

일이 없어 집에 있으려니 눈치가 보이고, 나가더라도 사람들이 무슨 일을 하냐는 질문을 하니 답답한 마음이 글에서 느껴집니다.

잡지 《혜성》의 한 필자는, 특히 학력이 번듯한데도 취직을 하지 못한 사람들을 '눈칫밥 룸펜'이라고 하며, 룸펜들의 무기력함과 자조적인 태도를 언급했습니다. 심지어 '자신의 재산을 던져 새로운 민간사업을 일으켜 룸펜 군을 눈칫밥에서 해방시켜 주려는 공명심을 가진 기특한 부자가 나타나기를……' 하고 바랄 정도로 절망적이었던 당시 취업난을 엿볼 수 있습니다.

경제 불황에 떠밀려 생겨난 룸펜들은 당시 사회에서 때로는 연민의 대상이 되기도 하고, 때로는 조롱의 대상이 되기도 했답니다.

구보는 왜 결혼을 고민하나요?

직업과 아내를 갖지 않은, 스물여섯 살짜리 아들은, 늙은 어머니에
게는 온갖 종류의, 근심, 걱정거리였다.

어쩌면, 어머니가 이제 혼인 얘기를 꺼내더라도, 구보는 쉽게 어머
니의 욕망을 물리치지는 않을지도 모른다.

이 소설은 결혼을 하지 않은 아들에 대한 어머니의 걱정으로 시작해
서, 구보가 어머니의 바람인 결혼을 하기로 결심하는 것으로 끝이 납
니다. 구보가 왜 이렇게 결혼에 대해 고민하는지 알아봅시다.

당시에는 주로 몇 살에 결혼했나요?

구보의 어머니가 스물여섯 살인 아들이 결혼하지 않은 것을 걱정
하는데, 그렇다면 당시엔 몇 살쯤에 결혼했을까요? 1920년대 평균
초혼 연령이 남성은 21세, 여성은 18세였어요. (통계청의 조사에 따르
면, 2018년도 평균 초혼 연령이 남성은 33.2세, 여성은 30.4세)

그런데 1930년대는 경제 공황으로 실업과 빈곤이 심각해지면서 늦
게 결혼하거나 결혼을 기피하는 남성이 많아지게 됩니다. 생계와 결

혼비용에 대한 부담 때문이었겠지요. 여성의 경우 집안의 경제 상황이 좋거나 도시에 사는 경우 초혼 연령이 오히려 높았는데, 교육과 취업 기회가 더 많았던 탓입니다. 그 결과 1936년부터 1940년 사이에 이루어진 조사에서 남성은 25~27세, 여성은 18~19세 또는 25~26세에 결혼을 많이 했다고 하네요.

결혼 상대는 어떻게 만났나요?

1930년대는 어린 나이에 결혼하거나 첩을 두는 등의 구시대적 인습과 자유연애와 결혼을 추구하는 새로운 사상이 섞여 있었어요. 그 결과 다양한 만남이 이루어졌습니다.

구보가 1년 전에 '색시'와 한번 만났던 것처럼 중매로 사람을 만나기도 했어요. '월미도로 놀러 가는 커플'처럼 자유롭게 연애를 하기도 했으며, 구보가 벗의 누이를 짝사랑했듯이 나이에 구애받지 않고 만

나기도 했습니다.

자유연애를 한다는 것은 만날 상대를 직접 찾아야 한다는 것입니다. 구보가 계속해서 어떤 여자를 만나야 할지 고민하는 것도 이와 같은 맥락으로 볼 수 있어요.

당시 결혼식 문화는 어땠나요?

그러나 구보가 그것에 대하여 아무런 대책도 강구할 수 있기 전에, 여자는, 참말, 나이 먹은 남자의 품으로 갔다. (중략) 그러면서도, 그들의 행복을, 특히 남자의 행복을, 빌려 들었다. 그러한 감정은 그가 읽은 문학서류에 얼마든지 썩여 있었다. 결혼비용 삼천원. 신혼여행은 동경으로. 관수동에 그들 부처를 위해 개축된 집은 행복을 보장하는 듯싶었다.

소설에 나온 것처럼, 결혼비용에 대한 부담도 결혼을 고민하게 하는 이유 가운데 하나였을 거예요. 1920년대 후반에는 오늘날과 비슷한 결혼식 모습이 나타나요. 청첩장을 돌리고, 축의금을 주고, 결혼 예물을 나누고, 결혼식이 끝나면 피로연을 열어 식사를 대접했지요. 신혼여행도 갔는데, 국내는 온양온천이나 백천온천이 유명했고, 여유가 있는 사람들은 일본으로 다녀왔습니다. 처음에는 조촐하게 치루던 결혼식이 점점 화려하게 변해, 1930년대는 연간 수입의 3배에 해당하는 지출을 할 정도였다고 합니다. 직장이 없는 구보에게는 이 또한 큰 걱정거리였을 겁니다.

신식 결혼식의 도입과 발전

최초의 신식 결혼식

1890년, 박시실리아라는 사람이 처음으로 교회에서 예식을 올립니다. 그러나 예복은 전통 혼례복을 입었다고 해요. 신랑은 연미복, 신부는 흰옷에 면사포를 쓴 것은 1892년 여메레가 결혼할 때가 처음이었다고 하네요. 옛 혼례에 익숙했던 사람들은 낯선 모습에 키득거리기도 했지만, 오래 지나지 않아 흰색의 신부 옷을 선망했다고 합니다.

하객 초대 방법의 변화

촌락 단위로 행해지던 전통 혼례 방식에서 결혼식의 장소가 다양해지면서 하객들을 초대하는 방법도 다양해져요. 1920년대 중반부터는 청첩장이 유행하기 시작했으며, 1920~30년대 신문에 '신랑 신부'라는 작은 기사로 결혼할 남녀 소식을 사진과 함께 싣기도 했습니다.

피로연의 변화

처음에는 전통 혼례처럼 결혼식이 끝나고 신붓집 마당에서 국수와 찬을 곁들여 손님을 대접했어요. 그러다가 명월관, 식도원 같은 요릿집에서 식사를 하는 새 풍속이 자리 잡았습니다. 1930년대 한때는 식사 대신 차를 대접하는 게 유행하기도 했어요. 국가적 차원에서 결혼비용을 절감하려는 분위기에 따라 차도 생략하고 과자 한 봉지씩 나눠주는 일도 있었다는데, 하객들은 대개 불쾌해하고, 이를 풍자하는 만평까지 등장했다고 하네요.

신혼여행의 유행

1920년대 후반이면 신식 결혼식을 올린 사람들 사이에서 신혼여행이 일반화됩니다. 결혼식이 끝나면 신랑 신부는 자동차를 타고 사라졌는데, 기차역으로 가서 신혼여행지로 떠나든지, 시내를 한 바퀴 돌기도 했습니다. 옛 관습을 중요하게 생각하는 어른들은 마땅치 않아 했다고 합니다. 그래서인지 결혼식이 끝나고 신붓집에서 다시 구식 혼인을 하는 일도 자주 있었고, 폐백은 신랑집에서 치렀다고 합니다.

구보는 왜 이렇게 아픈 데가 많나요?

소설은 현실 속 사람들의 생각이나 모습을 다루는 문학이기에 한 시대를 담아내는 거울이라고 불립니다. 소설 속 구보가 1930년대 경성을 걸으며 생각하는 모습을 통해, 작가가 그 시대를 어떻게 바라보고 인식하는지 추측할 수 있습니다.

> 한낮의 거리 위에서 구보는 갑자기 격렬한 두통을 느낀다. 비록 식욕은 왕성하더라도, 잠은 잘 오더라도, 그것은 역시 신경쇠약에 틀림없었다.

> 그러나, 구보는 다행하게도 중이 질환을 가진 듯싶었다. (중략)
> 구보는 그의 바른쪽 귀에도 자신을 갖지 못한다.

> 구보는 자기 자신의 만성 위확장을 새삼스러이 생각해 내지 않으면 안 되었다.

> 나는, 내 병은,
> "다변증이라는 거라우."

우선 구보가 자신이 가지고 있다고 생각하는 질병들을 확인해 볼까요? 신경쇠약, 중이 질환, 근시, 망막에 나타나 있는 맹점, 두통, 우울, 피로, 만성 위확장, 다변증…….

구보는 귀, 눈, 위, 머리(정신)까지 다양하게 자신의 질병을 진단해요. 실제로 아픈지는 모르겠지만, 자신이 아프다고 스스로 생각하고 규정짓는 것처럼 보입니다. 구보는 소년 시절에 읽었던 책들 때문에 자신의 건강이 손상된 것이라고 믿고 있어요.

자신의 질병을 나열하는 구보는 다른 병든 사람들을 관찰하기도 하고, 결말 부분에서는 사람들이 정신병자라고 생각합니다. 이처럼 스스로 질병을 앓고 있다고 생각하고, 대다수 사람들 또한 질병을 가졌다고 여기는 구보의 모습에서 당시 사회를 부정적으로 바라보는 작가의 인식을 엿볼 수 있습니다.

구보는 식민지 시대를 살아가는 지식인이었어요. 현실적으로 고민이 많았을 겁니다. 구보는 신체에서 나타나는 고통을 바탕으로 다양하게 자신의 질병을 진단하고 있는데, 그 원인은 심리적인 것으로 볼 수 있습니다. 식민지 시대를 살아가는 고통과 아픔을 여러 부위에 나타나는 질병으로 표현한 것이 아닐까요.

구보는 당대 사람들이 육체적으로나 정신적으로 비정상적인 상황에 처해 있음을 보여줍니다. 1930년대 일제강점기라는 상황 속에서 근대화로 인해 정신적·육체적으로 병들어 가는 사람들의 모습을 보여주는 것이지요. 그런데 자신이 많은 질병을 가지고 있으면서도, 병자를 피해 자리에서 일어나는 이중적인 태도를 보이기도 합니다.

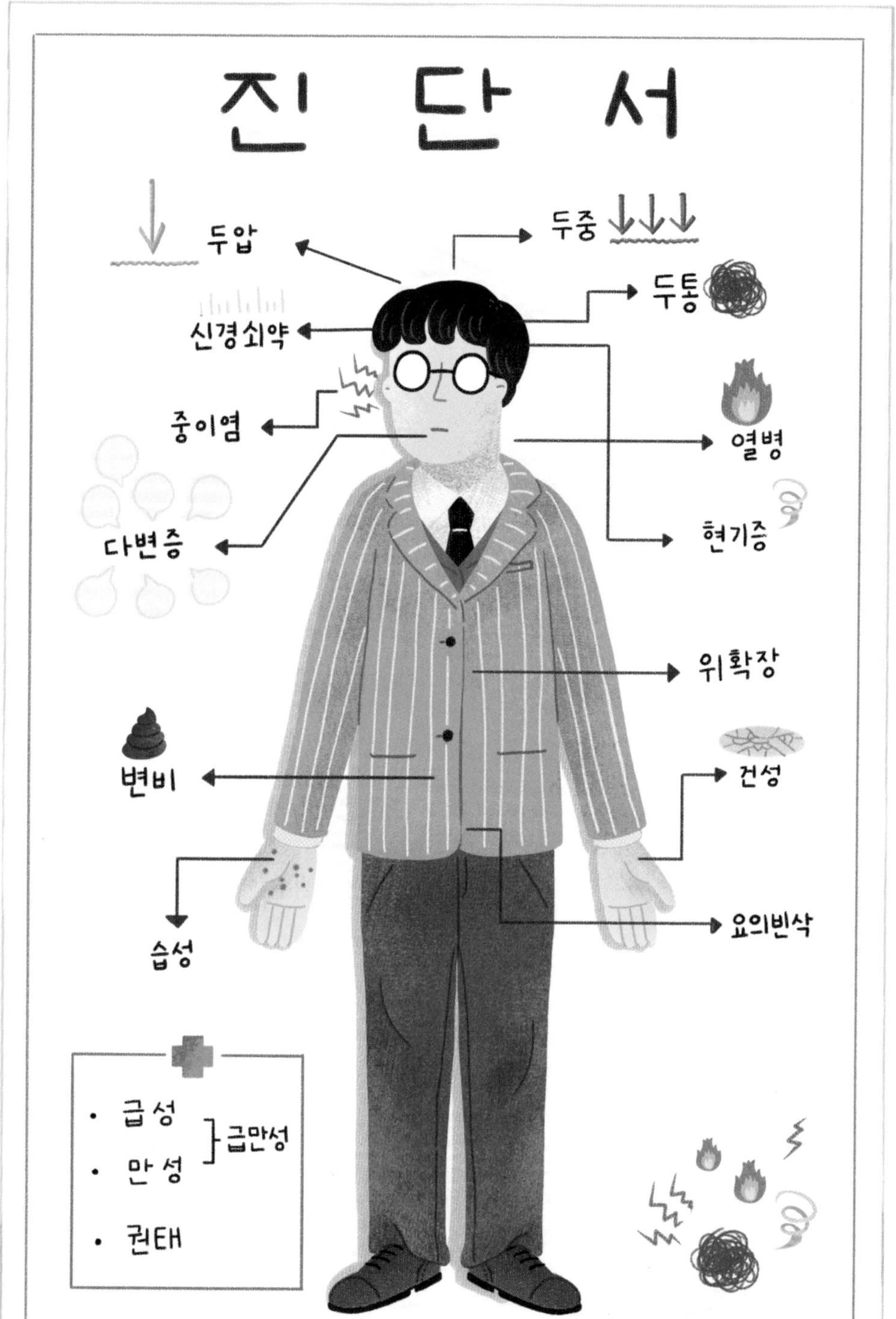

진 단 서
두압
두중
두통
신경쇠약
중이염
열병
다변증
현기증
위확장
변비
건성
습성
요의빈삭
• 급성
• 만성
급만성
• 권태

소설에 등장하는 질병들

이 소설에는 질병과 관련한 말이 많이 나옵니다. 그 가운데는 구보와 직접 관련되는 것도 있고 그렇지 않은 것도 있습니다. 어떤 것들이 있고, 그 증상들은 무엇인지 한번 알아볼까요.

구보와 관련된 질병

질병	증상
두통	머리가 아픈 증세
신경쇠약	신경이 계속 자극을 받아서 피로가 쌓여 생기는 여러 가지 질병. 피로감, 두통, 불면증, 어깨 쑤심, 어지럼증, 귀울림, 손떨림증, 주의 산만, 기억력 감퇴 등의 증상을 나타낸다.
중이가답아	중이염 • 급성 : 병 따위의 증세가 갑자기 나타나고 빠르게 진행되는 성질 • 만성 : 병이 급하거나 심하지도 아니하면서 쉽게 낫지도 아니하는 성질 • 건성 : 염증이나 종양 따위가 마른 상태로 있는 성질 • 습성 : 염증이나 종양 따위에 진물이나 체액 같은 물기가 고여 있는 성질
열병	열이 몹시 오르고 심하게 앓는 병. 두통, 식욕 부진 따위가 뒤따른다.
현기증	어지러운 기운이 나는 증세
변비	대변이 대장 속에 오래 맺혀 있고, 잘 누어지지 아니하는 병
요의빈삭	오줌이 자주 마려운 증세
권태	어떤 일이나 상태에 시들해져서 생기는 게으름이나 싫증
두중	머리가 무겁고 무엇으로 싼 듯한 느낌이 있는 증상
두압	머리를 누르는 것 같은 통증이 느껴지는 증상
위확장	위벽이 긴장을 잃어 위가 병적으로 늘어진 상태
다변증	병적으로 말을 몹시 많이 하는 증상

소설 속에 언급된 다른 질병

질병	증상
부종	몸이 붓는 증상
신장염	콩팥에 생기는 염증
바세도우씨병	바제도씨병. 갑상샘(갑상선) 항진증의 대표적인 질환. 특히 눈알이 튀어나오며 갑상샘종을 수반하는 경우를 이른다.
기주증	울적할 때마다 술을 마시다가 버릇이 되어 주기적으로 울적할 때마다 술을 마시는 증세
갈주증, 황주증	자꾸만 술이 마시고 싶은 증세
의상분일증	주의가 산만하여 목적했던 생각이 자꾸 달라지며 처음 생각이 끝나기도 전에 또 다른 생각으로 옮아가는 정신병 증세
언어도착증	본능이나 감정 또는 덕성이 잘못되어 사회나 도덕에 어그러진 말을 하는 증상
과대망상증	사실보다 과장하여 터무니없는 헛된 생각을 하는 증상
추외언어증	나쁘고 지저분한 말을 서슴지 않고 하는 증상
여자음란증	여자들이, 음란한 것에 집착하는 증상
지리멸렬증	우유부단하여 갈피를 잡지 못하는 증상
남자음란증	남자들이, 음란한 것에 집착하는 증상
질투망상증	질투와 망상에 집착하는 증상
병적기행증	비정상적으로 기이한 행동을 많이 하는 증상
병적허언기편증	습관적으로 거짓말로 사람을 속이고 재물을 빼앗는 증상
병적부덕증	비정상적으로 도덕에 어긋나는 행동을 하는 증상
병적낭비증	시간이나 재물 등을 마구 헤프게 쓰는 증상
당의즉답증	어떤 질문에 대해서 답을 알고 있으면서도 모르는 체하거나 되는 대로 대답을 하는 증세

'모데로노로지오'가 뭔가요?

한길 위에 사람들은 바쁘게 또 일 있게 오고 갔다. 구보는 포도 위에 서서, 문득, 자기도 창작을 위해 어디, 예(例)하면 서소문정 방면이라도 답사할까 생각한다. 모데로노로지오를 게을리하기 이미 오래다.

그러나, 그러한 생각과 함께 구보는 격렬한 두통을 느끼며, 이제 한 걸음도 더 옮길 수 없을 것 같은 피로를 전신에 깨닫는다. 구보는 얼마 동안을 망연히 그곳, 한길 위에 서 있었다……

'모데로노로지오'는 'modernology'를 일본식 발음으로 읽은 표현이에요. 학문의 한 종류인 '고현학'을 이르는 말이지요. 사전에서 고현학의 뜻을 찾아보면, '변동이 격심한 현대의 풍속세태를 조사·기록하여 장래의 발전을 위한 자료를 제공하는 학문'이라고 풀이되어 있어요. 소설 문맥으로 보면, '현실의 풍속세태를 조사·기록하는 행위' 정도로 이해할 수 있을 것 같네요.

소설 속 구보는 소설가예요. 소설가는 머리로만 소설을 쓰는 게 아니라, 다양한 자료 조사를 통해 글감을 구하거나 이야기 전개의 실마리를 찾기도 하지요. 그러니 소설가인 구보에게 모데로노로지오는 소설을 쓰기 위해 꼭 필요한 과정일 것입니다.

일정한 수입이 없는, 더구나 직장을 구하기 어려운 구보에게 소설이나 글을 쓰는 행위는 생계유지 측면에서도 게을리할 수 없는 일일 거예요. 그런데 왜 구보는 글 쓰는 데 바탕이 되는 모데로노로지오를 오래도록 게을리한 것일까요?

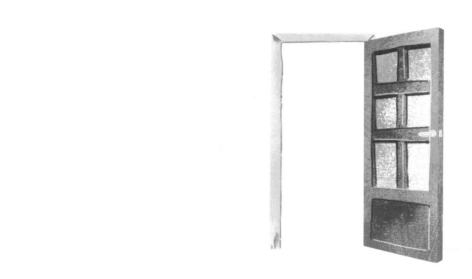

정상적인 상황이라면 글을 쓰기 위해 현장을 답사하고 스케치하는 것과 같은 일반적인 과정을 거치는 것이 자연스러울 겁니다. 하지만 비정상적인 상황이라면 그것이 의미가 없을 수도 있어요. 암울하고 절망적인 시대 상황에서라면 더더욱 그렇겠지요. 소설가의 눈에 담기는 현실이 두통과 피로만 몰고 올 테니까요.

그러니까 구보가 모데로노로지오를 게을리한 까닭은 일제강점기라는 비정상적인 시대 상황에서 찾을 수 있을 것 같아요. 구보의 비관적이고 절망적인 현실 인식은 작품 곳곳에 드러나요. 특히 구보 자신이 이곳저곳 아프다고 여기거나 사람들이 저마다 정신질환을 가지고 있다고 생각하는 것은, 암울한 시대를 살아가는 사람들이 가진 아픔, 상처, 비정상성과 관련되는 내용으로 볼 수 있습니다.

글을 써서 세상이 바뀐다면 얼마든지 그렇게 하겠지만, 그럴 수 있는 상황도 아니에요. 그러니 구보는 산책을 하면서, 벗들을 만나 차를 마시면서, 이런저런 생각들을 머릿속에 떠올리면서 하루를 보낼 수밖에 없습니다. 하지만 언젠가는 모데로노로지오가 일상이 되는 날을 애타게 그리고 있지 않을까요?

구보가 바라는 행복은 무엇인가요?

구보는 거리로 산책을 나와서 화신백화점에서 행복해 보이는 가족을 본 후에 자신의 행복에 대해서 궁금해하기 시작해요. 또 전철에서 예전에 선을 보았던 여인을 우연히 보고는, 어머니께서 원하시듯 이 여인과 결혼을 하는 것이 행복일까 생각해 봅니다.

그리고 구보는 시계와 예쁜 옷을 갈망하던 어떤 소녀를 떠올리며, 8원 40전이 그녀를 행복하게 할 수 있을지도 생각합니다. 또 월미도로 놀러 가는 돈이 많은 친구를 만나서, 돈이 많은 것이 행복일까 생각하기도 해요.

다 늦은 밤이 되었을 때 구보는 어머니를 떠올리며, 어머니가 안정적인 수입이 없고 결혼을 안 하고 있는 자신을 걱정하고 있다는 것을 깨닫게 됩니다.

구보에게 행복은 좋은 글을 쓰고 그것을 마음이 통하는 친구들과 나누는 것이었어요. 벗과 서로가 창작한 글에 대해 이야기를 나눌 때 마음의 행복을 찾았던 것이지요. 또 구보는 동경에서 만난 여자를 생각하며 후회도 했지만, 잠시나마 행복한 마음을 갖게 되었어요.

이러한 점들로 미루어 보았을 때, 구보는 세속적이고 물질적인 것보다는 사람들과의 진정한 소통을 갈망했고, 본인이 원하는 소설가의

삶을 살며 벗들과 얘기를 나누고 싶어 했다는 것을 알 수 있어요.

결국 구보는 자신이 바라는 행복과 어머니가 바라는 삶을 모두 이루기로 다짐해요. 바로 소설가로서의 삶을 살면서 결혼도 하는 것이지요. 오늘 밤 자고 일어나면 구보는 또다시 어제의 다짐을 잊은 채 도시를 산책할지도 몰라요. 하지만 중요한 것은 구보가 많은 고민 끝에 본인의 행복과 가야 할 길을 알게 되었다는 점이에요.

여러분도 미래가 불투명하다고 생각하나요? 이 소설의 구보처럼 깊이 고민하고 해답을 찾으려고 노력하면 길을 찾게 될 거예요. 그러면 어느새 행복도 성큼 다가와 있지 않을까요?

3

창작 노트를 엿보다

왜 사건과 갈등이 없나요?

이 소설을 읽으면서, 뚜렷한 사건도 없이 서술자의 이런저런 생각이 중구난방으로 나열되어 혼란스럽다고 느낄 수도 있을 거예요. 작가는 왜 이런 방식으로 소설을 쓴 것일까요?

이 소설의 작가는 서술자의 머릿속에 떠오르는 것을 그대로 독자에게 전달하고 있어요. 이것을 '의식의 흐름 기법'이라고 하는데, 모더니즘 소설의 대표적인 기법이랍니다.

제1차 세계대전 이후 서구 사회는 혼란을 겪으면서 기존의 전통을 부정하는 '모더니즘'이 등장해요. 모더니즘에서는 기존의 사실주의 소설에서 나타나던 '뚜렷한 갈등을 중심으로 한 사건 전개'를 버리고, 감각적인 언어를 사용하여 실험적인 형식의 소설을 쓰기 시작해요. 그 실험적인 형식 중 하나가 바로 '의식의 흐름'이지요.

구보는 신식 문물을 배우기 위해 일본에 유학을 다녀온 당대의 지식인입니다. 1920년대 유행한 리얼리즘 방식이었다면, 구보가 어떤 외적 사건을 겪으면서 고뇌하고 갈등하는 모습을 묘사하고, 그가 하는 구체적인 행동을 통해 당시의 사회 문제를 드러냈겠지요. 그러나 이 소설은 구보가 경성 도심을 방황하는 과정을 따라가며 그의 내면의식의 변화를 서술하고 있습니다. 독자들은 구보의 의식 세계와 그의 눈에 비친 경성의 모습을 통해 1930년대 당시의 문제가 무엇인지를 생각하게 됩니다.

실제로 이 소설에는 이렇다 할 사건이 하나도 일어나지 않습니다. 구보는 그저 무의미하게 경성의 여기저기를 돌아다니며 사람들을 관찰하고 생각을 나열할 뿐이지요. 이를 통해 삶의 의지나 목표를 잃어버린 채 방황하는 당시 지식인의 모습이 드러나고, 그의 의식을 통해 경성의 여러 모습이 드러납니다. 구보는 무엇이 문제인지 구체적으로 서술하지 않으나, 독자는 구보의 의식 속에 비친 당시 사회의 병든 모습들을 찾아낼 수 있습니다.

이 소설에 쓰인 모더니즘 기법이 의식의 흐름만 있는 것은 아니에요. '몽타주 기법'도 쓰였습니다. 몽타주는 원래 영화나 드라마 등 영상 예술에서 자주 사용하는 기법이에요. 서로 다른 장면을 빠르게 연결하거나, 하나의 영상에 다른 영상을 겹치거나, 하나의 영상에 초점을 맞추고 그 주위를 관련이 있는 다른 장면으로 둘러싸거나 하는

방식이지요.

구보가 벗과 함께 대창옥이라는 설렁탕집에 가는 장면과 구보가 대학 노트 틈의 엽서를 보며 떠올린 과거의 기억이 겹쳐서 서술되고 있는 장면이 있어요. 작가는 현재의 시간과 과거의 시간을 교차하면서 독자가 이것을 하나의 장면으로 인식하게 만들고 있지요. 구보가 벗과 걸어가거나 이야기를 나누면서도 과거 한 여자와의 추억에 빠져 있음을 보여주는 장면 구성이랍니다.

이처럼 박태원은 〈소설과 구보 씨의 일일〉에서 의식의 흐름, 몽타주 등의 모더니즘 기법을 활용하여 1930년대를 살아가는 지식인의 무기력과 우울, 혼란과 방황 같은 정신적 병리 현상과 그의 눈에 비친 1930년대의 사회 현상을 탁월하게 표현했습니다. 〈소설가 구보 씨의 일일〉은 구보라는 식민지 지식인의 의식의 흐름을 통해 당대의 문제가 무엇인지를 제시한 한국적 모더니즘의 전형적인 작품입니다. 이것이 박태원을 1930년대 모더니즘 소설을 대표하는 작가라고 부르는 이유입니다.

쉼표가 왜 이렇게 많나요?

어머니는 다시 바느질을 하며, 대체, 그 애는, 매일, 어딜, 그렇게, 가는, 겐가, 하고 그런 것을 생각해 본다.

그러나, 돌아와, 채 어머니가 뭐라고 말할 수 있기 전에, 입때 안 주무셨어요, 어서 주무세요, 그리고 자리옷으로 갈아입고는 책상 앞에 앉아, 원고지를 펴놓는다.

〈소설가 구보 씨의 일일〉을 읽다 보면 쉼표가 많이 쓰였다는 것을 알 수 있어요. 이것도 새로움을 추구한 글쓰기 방식 가운데 하나라고 볼 수 있을 것 같네요. 그렇다 하더라도 이유 없이 마구잡이로 사용하지는 않았을 거예요. 위의 첫 번째 문장처럼 단어 하나하나를 끊어 읽게 하여 어머니의 생각을 강조하기도 하고, 두 번째 문장처럼 대화가 들어간 경우에도 쉼표를 사용해서 구분하고 있습니다.

그렇다면 작가가 쉼표를 많이 쓴 또 다른 까닭은 무엇일까요? 그리고 그 효과는 어떤 것일까요?

① 쉼표를, 많이 사용한 이유는, 독자들이, 글을 읽다가, 쉼표를, 보

면, 읽기 속도가, 늦춰져서, 해당 부분에, 주목하게, 만들기, 위해서예요. 또, 문장을, 낯설게 보이게, 하는, 효과가 있어서, 주의를 환기하는, 기능도 있고, 등장인물의, 내면의식에, 좀 더 몰입하게, 하는, 역할도, 하고 있어요.

② 쉼표를 많이 사용한 이유는 독자들이 글을 읽다가 쉼표를 보면 읽기 속도가 늦춰져서 해당 부분에 주목하게 만들기 위해서예요. 또 문장을 낯설게 보이게 하는 효과가 있어서 주의를 환기하는 기능도 있고, 등장인물의 내면의식에 좀 더 몰입하게 하는 역할도 하고 있어요.

①과 ②를 비교해서 읽어보니 느낌이 어떤가요? 쉼표를 많이 사용한 ①이 조금 더 천천히 읽히고, 좀 더 몰입이 되었나요?

이러한 쉼표의 사용은 '의식의 흐름'과도 무관하지 않을 것 같아요. 이 소설이 사건의 전개보다는 주인공의 시선과 의식을 드러내는 데 초점을 모으다 보니, 멈추고 생각할 지점을 많이 만들어두어야 독자들이 그 의미를 제대로 곱씹어 볼 수 있을 테니까요.

구보와 작가는 동일 인물인가요?

구보는 한 손에는 단장을, 한 손에는 공책을 들고 집을 나섭니다. 소설을 쓰기 위한 준비를 하기 위해서죠. 구보는 본 것을 공책에 기록하고, 그것을 허구화해 소설을 씁니다. 실제 박태원도 대학 노트와 단장을 들고 늘 거리를 돌아다녔다고 해요.

작가로서 건강이 필요하다면 혹은 나만치 그것이 절실하게 요구되는 이도 드물 것이다. 비록 펜을 잡고 원고지를 향하는 것은 그야 역시 실내에서지만, 그곳에 이르기까지 나는 얼마든지 분주하게 거리를 헤매 돌지 않으면 안 된다. (중략)
나의 작품 속에 나와도 좋음 직한 인물이 살고 있는 동리를 가령 나는 내 마음대로 머릿속에 그려보고, 그리고 이를 표현함에 있어 나는 결코 능자가 아니다. 나는 그럴 법한 골목을 구하여 거리를 우선 헤매지 않으면 안 된다.
가령 어느 전차 정류소에서 내려 바른편 고무신 가게 옆 골목으로 들어가 국숫집 앞에서 다시 왼편으로 꼬부라지면 우물 옆에 마침 술집이 있는데 그 집서부터 바로 넷째 집(파랑대문 한 집)이니까 찾기는 쉽다든지 그러한 것을 면밀히 조사하여 일일이 나의 대학 노트에다 기입하지 않으면 안 된다.

-《조선중앙일보》 1938년 1월 26일

소설 속 '소설가 구보'와 여러 '벗'의 모습은 현실 속 인물인 본인과 본인의 벗들을 허구화하여 만들어낸 소설 속 등장인물로 볼 수 있어요. 구보가 허구적 인물이긴 하지만, 박태원의 필명이 구보였으니 작가 자신의 모습, 일상과 생각 등을 형상화한 것이라고 볼 수도 있을 것 같아요. 박태원의 삶을 들여다보면 소설 속 구보와의 공통점도 나타나요.

소설 속 구보는 직업과 아내를 갖지 않은 스물여섯 살 남성입니다. 이 작품이 《조선중앙일보》에 연재될 당시 박태원의 나이 또한 스물여섯 살이었어요.

소설 속 구보는 결혼을 통해 행복을 찾을 수 있을까 고민하기도 합니다. 그러다 소설 마지막에 어머니의 뜻을 따를 수도 있다고 생각하죠. 소설의 결말대로 박태원은 〈소설가 구보 씨의 일일〉 연재를 끝내고 약 한 달 후인 10월 24일에 결혼을 하게 됩니다.

소설에는 박태원의 실제 친구인 김기림과 이상도 등장해요.

마침내 벗이 왔다. (중략)
그 벗은 시인이었던 것임에도 불구하고, 극히 건장한 육체와 또 먹기 위해 어느 신문사 사회부 기자의 직업을 가지고 있었다.

위의 벗은 조선일보사 기자로 있으면서 여러 작품을 꾸준히 발표

한 김기림입니다.

　　내용 증명의 서류 우편. 이 시대에는 조그만 한 개의 다료를 경영
하기도 수월치 않았다. 석 달 밀린 집세. 총총하던 별이 자취를 감
추고 하늘이 흐렸다. 벗은 갑자기 휘파람을 분다. 가난한 소설가
와, 가난한 시인과…… 어느 틈엔가 구보는 그렇게도 구차한 내
나라를 생각하고 마음이 어두웠다.

　　위의 벗은 이상으로, 이상은 박태원과 매우 친밀한 관계였다고 해
요. 이 작품이 신문에 연재될 때 이상이 '하융'이라는 필명으로 삽
화를 그려주었다고 합니다.

주제가 뭔가요?

〈소설가 구보 씨의 일일〉은 구보가 정오에 집을 나와 새벽에 귀가하
기까지 하루 동안의 여정을 중심으로 내용이 전개되고 있어요. 그러
면서 구보 본인의 감정과 심리가 충실하게 반영되어 있지요. 이 작품
의 성격을 좀 어려운 말로 '원점 회귀적 여로 형식'이라고 해요. '원점
회귀(原點回歸)'는 '본래의 위치로 다시 돌아온다'는 의미로 해석할 수
있고, '여로(旅路)'는 '여행기' 정도로 생각하면 될 것 같아요. 따라서
이 소설은 '주인공이 여행을 떠나서 겪는 과정과 처음 출발했던 곳으
로 돌아와 끝나는 작품' 정도로 정리할 수 있습니다.

　소설은 구보의 집에서 시작해서, 다시 구보의 집에서 끝나요. 하지
만 '집'이 가지는 공간적 특성은 처음과 끝이 달라요. 매일같이 반복
되는 하루의 일과 어머니의 잔소리. 구보는 그러한 집에서 탈출하고
싶어 합니다. 그러니 시작 부분에서 집은 부정적인 성격을 띠고 있는

셈이에요. 집을 나서면 당장에 행복을 찾을 수 있을 것 같지만, 거리를 배회하며 거쳐가는 장소와 만나는 사람들을 통해 구보는 더 괴로워져만 갑니다. 그러나 그 속에서 자신의 정체성을 찾아가게 되지요. '행복'의 의미를 고민하고 '고독' 속에서 방황하다가 후반부로 가면서 자신의 길을 찾고자 합니다. 그리고 탈출하고 싶었던 집으로 돌아가지요. 어머니의 바람대로 살아볼 다짐을 하면서요. 그러니 다시 돌아온 집은 긍정적이고 희망적이라고 할 수 있을 것 같습니다.

여로 형식은 사회상을 보다 잘 이해할 수 있게 하는 구실을 해요. 구보는 집을 나와 천변 길을 거닐고 화신상회를 들릅니다. 그리고 전차를 타고 조선은행에 갔다가 다방으로 가지요. 그 사이 거리를 거닐기도 합니다. 작가는 구보의 시선을 통해 당시의 이런저런 풍경들(당시 경성의 암울한 풍경과 종로 다방의 화려한 모습 등)을 드러냄으로써 근대화의 양면성을 보여주려 한 것이라 할 수 있습니다.

구보는 이 작품에서 주인공이면서 서술자로서, 사건을 관찰하기도 하고 주인공이 되어 자신의 생각과 느낌을 서술하기도 해요. 작가는 자신의 모습이 투영된 구보를 통해 급격한 도시화와 경제 발전, 그 속에서 느끼는 군중 속의 고독 같은 사회적 문제들을 소설적으로 탐구하고 있는 것입니다.

넓게 읽기

작품 밖 세상 들여다보기

시대

작가

작품

작가 이야기
박태원의 생애와 작품 연보, 작가 더 알아보기

시대 이야기
대중문화로 보는 1930년대

엮어 읽기
제임스 조이스와 이상의 모더니즘 소설

독자 이야기
소설 읽고 대화 나누기

독자

박태원의 생애와 작품 연보

1909 (음력 12월 7일)	경성부 다옥정 7번지(지금의 중구 다동)에서 박용환과 남양 홍 씨의 4남 2녀 중 차남으로 태어남. 어릴 때는 등 한쪽에 커다란 점이 있어 '점성(點星)'이라 불림.	
1916(8세)	큰할아버지 박규병으로부터 《천자문》과 《통감》 등 한문 수업을 받기 시작함.	
1918(10세)	8월 14일 태원(泰遠)으로 개명함. 〈춘향전〉, 〈심청전〉, 〈소대성전〉 등을 탐독하고 고소설을 섭렵함. 경성사범부속보통학교에 입학함.	
1922(14세)	경성사범부속보통학교(4년제) 졸업 후 경성제일고등보통학교(현재의 경기고등학교)에 입학함.	
1923(15세)	《동명(東明)》에 칼럼 〈달마지〉가 당선됨. 문학동아리를 만들어 창작 활동에 몰두함.	
1926(18세)	《조선문단》에 시 〈누님〉이 당선되어 문단에 데뷔함. 톨스토이, 셰익스피어, 모파상, 하이네, 맨스필드 등 서양 문학에 심취함.	
1927(19세)	경성제일고보를 휴학하고 문학 활동에만 전념함. 《조선문단》에 수필 〈시문잡감〉, 〈병상잡설〉을, 《현대평론》에 시 〈아들의 불으는 노래〉, 〈힘-시골에서〉를 발표함.	
1929(21세)	경성제일고보를 졸업함.	
1930(22세)	동경 법정대학 예과에 입학함. 《신생》 10월호에 단편 〈수염〉을 발표하며 본격적으로 문단에 데뷔함.	
1931(23세)	동경 법정대학 예과 2학년 중퇴 후 귀국함.	

1933(25세) 이상, 이태준, 정지용, 김기림, 조용만, 이효석 등과 함께 문학 친목 단체인 '구인회'에서 활동함.

1934(26세) 《조선중앙일보》에 〈소설가 구보 씨의 일일〉을 연재함.
10월 24일 숙명여고를 수석 졸업하고 경성사범학교를 나와 진천에서 보통학교 교사를 하던 김정애와 결혼함.

1936(28세) 종로 관철동으로 이사함.
《조광》에 〈천변풍경〉을 연재함.

1938(30세) 단편집 《소설가 구보 씨의 일일》과 장편소설 《천변풍경》을 출간함.

1939(31세) 창작집 《박태원 단편집》을 출간함.
중국 전기소설에 관심을 가져 《지나 소설집》을 번역 출간함.

1945(37세) 조선문학건설본부 소설부 중앙위원회 조직임원으로 선정됨.

1946(38세) 조선문학가동맹 집행위원으로 선정됨.

1948(40세) 보도연맹에 가입함.

1950(42세) 6·25 전쟁 중 북한 쪽 종군기자로 활동함. 9월 22일 '남조선문학가동맹 평양시찰단' 일원으로 북쪽으로 갔다가 UN군의 인천상륙작전 성공으로 서울로 돌아오지 못함.

1953(45세) 평양문학대학교 교수로 취임함.
국립고전예술극장 전속 작가로 활동함.

1956(47세) 학창 시절 절친했던 정인택의 미망인 권영희와 재혼함.
《갑오농민전쟁》을 3부작 16권으로 구상하고 동학농민운동과 관련된 자료들을 수집·정리하기 시작함.

1958~1964 　소설《심청전》,《삼국연의》1~6권 등을 출간함.
(50~56세)

1965(57세)　시신경과 망막이 손상되어 실명 판정을 받음.

1968(60세)　고혈압에 의한 뇌출혈로 쓰러짐.

1976(68세)　뇌출혈로 전신 불수와 언어 장애를 겪다가 부분적으로 회복함.

1977(69세)　완전 실명과 전신 불수의 몸으로 동학혁명을 소재로 한 대하소
　　　　　　　설《갑오농민전쟁》을 구술로 받아쓰게 하여 1부를 출간함.

1980(72세)　《갑오농민전쟁》 2부를 출간함.

1986(78세)　7월 10일 오후 평양시에서 사망함.
　　　　　　　12월 20일《갑오농민전쟁》 3부가 박태원·권영희 공저로 출간됨.

작가 더 알아보기

머리 모양에 대한 해명

혹, 나의 사진이라도 보신 일이 있으신 분은 아
시려니와 나는 나의 머리를 다른 이들과는 좀
다른 방식으로 다스리고 있다. 뒤로 넘긴다거
나, 가운데로나 모로나 가르마를 타서 옆으로
가른다거나 그러지 않고, 이마 위에다 가지런
히 추려가지고 한 일(一) 자로 자른 머리, 조선
에는 소위 이름 있는 이로 이러한 머리를 가진

등전 화백

분이 없으므로, 그래, 사람들은 예를 일본 내지에 구하여 등전(藤
田)* 화백과 비교한 이도 있고, 농담을 좋아하는 이는 만담가 대십
사낭(大辻司郎)에 견주기도 하였으며, 가정잡

지의 애독자인 모 여급은 성별을 전연 무시하
고 여류작가 길옥신자(吉屋信子)와 흡사하다
고도 하였으나, 그 누구나 모두가 나의 머리에
호감을 가져주지 못하는 것은 사실이다.

길옥신자

호감은 고사하고 지극한 악의조차 가지고서
나의 머리를 비난하고 한 걸음 나아가서는 나

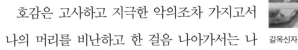

* 등전사치(藤田嗣治, 후지타 쓰구하루): 1886~1968. 일본의 화가, 조각가.

의 사람됨에까지 논란을 편 이조차 있었다. 단순히 괴팍스러운 풍속이라 말하는 이에 대하여 나는 사실 그것이 악취미임을 수긍하였다. 그러나 어떤 이는 내가 남다른 머리 모양을 하고 다니는 것을 무슨 일종의 자기 선전을 위한 행동같이 오해하고, 신문·잡지와 같은 기관을 이용하여 대부분이 익명으로 나를 욕하였다.

사람이란 대개가 저를 가지고 남을 미루어 보는 법이다. 나의 단순한 악취미를 곧 그러한 것과 연관시켜 생각하지 않을 수 없었던 그들은, 우선 그들 자신이 그처럼 비열한 심정의 소유자이랄 수밖에 없지만, 나는 속으로 무던히 불쾌하고 괘씸했음에도 불구하고, 일찍이 그러한 것에 대하여는 한마디도 반발을 시험하여 본다거나 구차스러운 변명을 꾀하여 보려 아니 하였다.

그것을 이제 와서 새삼스럽게 끄집어내는 것은 도리어 우스운 일일지 모르나, 이것은 물론 내가 잡문의 재료에 그처럼 궁한 까닭이 아니다.

내가 이 머리를 하고 지내오기도 어언간 10년이 되거니와, 내가 글 쓰는 사람으로 다소라도 이름이 알려졌다 하면, 그것은 틀림없이 나의 그동안의 문학 행동에 힘입은 것으로, 결코 내 머리의 덕을 본 것이 아님은 두 번 말할 것도 없다.

이제 내가 내 머리에 관하여 몇 마디 잡담을 하더라도 아무도 그것을 곡해하지 않을 것이다. 그래 이 기회에 나의 작품은 사랑하면서도 나의 머리를 함께 사랑할 도리가 없어 나의 악취미를 슬프게 생각하고 있는 이들에게, 나는 나의 머리에 대하여 한마디 해명을 시험해 보고자 한다.

머리에 대한 나의 악취미는 물론 단순한 악취미에서 출발한 것이 결코 아니다. 참말 까닭을 찾자면 나의 머리카락이 인력으로는 어찌할 도리가 없게 억세다는 것과 내 천성이 스스로는 구제할 도리가 없게 게으르다는 것에 있다.

내가 중학을 나와 이제는 누구에게도 꺼리지 않고 머리를 기를 수 있었을 때 마음속으로 은근히 원하기는, 빗질도 하지 않고 기름도 안 바른 제멋대로 슬쩍 뒤로 넘긴 머리 모양이었다.

그러나 정작 기르고 보니 나의 머리는 그렇게 고분고분하게 나의 생각대로 넘어가거나 그래 주지를 않았다. 홍문연의 번쟁장군*인 양 내 머리카락은 그저 제멋대로 위로 뻗쳤다.

나는 하는 수 없이 빗과 기름을 가지고 이것들을 다스리려 들었다. 그러나 약간 양의 포마드쯤이 능히 나의 흥분할 대로 흥분한 머리털을 위무할 도리는 없는 것이다. 그래 나는 취침 전에 반드시 머리에 기름을 바르고, 빗질을 하고, 그리고 그 위에 수건을 씌워 잔뜩 머리를 졸라매고서 잤다.

그러나 모자나 양복에 언제 한번 솔질을 한 일이 없고 구두조차 제 손으로 약칠을 해본 것은 이제까지 도무지 몇 번이 안 되는 그러한 나로서 머리만을 언제까지든 그렇게 마음을 수고스럽게 하여 다스릴 수는 없는 것이다.

며칠 가지 아니하여 나는 그만 머리에 기름칠할 것과 빗질할 것을 단념해 버렸다. 가장 무난한 해결법은 도로 **빡빡** 깎아버리는 것이겠

---

* 번쟁(樊噲)장군: 중국 한나라 고조 때의 공신인 번쾌. 기원전 206년에 홍문(鴻門)의 회합에서 위급한 처지에 놓였던 유방을 구해, 후에 유방이 왕위에 오르자 장군이 되었다.

으나 까까머리라는 것은 참말 나의 취미에는 맞지 않는다. 그래 길게 기른 머리를 그대로 두자니 눈을 가리고 코를 덮고, 그렇다고 쓰다듬어 올리자니 제각기 하늘을 가리키고……. 그래 마침내 생각해낸 것이, 이것들을 이마 위에다 가지런히 추려가지고 한일자로 자르는 방법이었다.

그것이 내가 동경서 돌아오기 조금 전의 일이었으니까, 10년이 가까운 노릇이다. 그사이 꼭 사흘 동안, 내가 장가를 들고 처가에서 사흘을 치르는 그동안만, 처의 조부모가 나의 특이한 두발 풍경에 놀라지 않도록 해달라는 신부의 간청에 의해 나는 부득이 기름을 바르고 빗질을 하고 그랬으나, 그때만 빼고는 늘 그 머리가 그 머리인 것이다.

나의 성미나 한가지로 나의 머리가 그처럼 고집 센 것은 슬픈 일이다. 그러나 또한 어찌할 도리가 없다. 나이 삼십이 넘었으니 그만 머리를 고치라고 말하는 이도 있으나, 그것이 나의 악취미에서 나온 일이 아니니, 이제 달리 묘방이라도 생기기 전에는 얼마 동안 이대로 지내는 밖에 별수가 없는 것이다.

- 〈여백을 위한 잡담〉, 《박문》 1939년 3월호

구보의 천일야화

거의 10년 동안 실명에 반신불수로 지내던 월북 작가 박태원이 사망했다. 서울에서 태어나고 서울에서 작품 활동을 했던 그가 끝내 고향 땅을 밟아보지 못하고 '영원한 타향' 평양에서 숨을 거둔 것이다. "세상이 완전히 바뀐 것을 알아야 하네."라던 구보는 결국 월북을 택했고, 끝내 평양에서 비참한 생애를 마감한 것이다.

중학 동기·동창이었던 작가 조용만 씨에 의하면, 구보의 집은 서울 다동 7번지 대광통교 남쪽 천변에 있었다고 한다. 이상이 〈봉별기〉에서 "나는 금홍의 오락 편의를 돕기 위해 가끔 박군 집에서 잤다."라고 썼던 그 박군 집이 바로 구보의 집이었다. 구보의 대표작인 〈천변풍경〉도 광교의 청계천 변에 있던 다동 7번지 시대의 산물이었을 것이다.

일제 때 순수 작가로 일관했던 박태원이 월북하자마자 북의 체제에 깊은 환멸을 느꼈으리라는 것은 쉽게 짐작할 수 있다. 1977년에 《갑오농민전쟁》 1권을 쓰고 병상에서 2권을 구술하다가 끝을 내지 못한 채 숨을 거두었다. 동학운동을 계급적인 시각으로 서술한 이 소설조차도 북에서 살아남기 위한 몸부림이었을 것이다.

구보의 부음에서 또 한번 월북 작가들의 비극적 운명을 되살리게 된다. "위대한 수령 김일성 동지에 의해 이룩된 혁명문학예술의 빛나는 전통을 계승하며……" 운운하는 문예총의 사명이 북의 문학을 잘 말해주고 있다. 구보의 작자적 생명도 월북과 함께 끝난 것이나 다름없다. 《갑오농민전쟁》 2권을 10년 넘도록 끝맺지 못한 것 역시 숙청을 면하기 위한 '천일야화'적인 작품이었기 때문일 것이다.

-《경향신문》1986년 7월 15일

대중문화로 보는 1930년대

직업 부인 모집

경성 시내에서 일할 직업 부인 모집함. 아래의 광고를 보고 연락 바람.

① 데파트걸 모집 – 백화점 상점에서 근무. 10~14시간 근무. 한 달 임금 20~30원 보장. 시험을 통한 채용. 고등보통학교나 상업학교 마친 여성 우대.

② 엘리베이터걸 모집 – 백화점 엘리베이터에서 근무. 의복과 신발 제공. 작년 기준 경쟁률 30대 1.

③ 가솔린걸 모집 – 18~19세의 여성 주유원 모집. 한 달 매상의 10% 인센티브 제공.

④ 할로걸 모집 – 15~18세의 여성 전화교환수 모집. 8~12시간 근무. 한 달 임금 40원 내외.

⑤ 버스걸 모집 – 10대 후반의 미혼녀 우대. 표를 찍어야 하므로 손아귀 힘이 세야 함. 10시간 근무. 한 달 임금 20~30원 보장. (1930년대 초)

요요 대열풍

주르륵 내려갔다가 스르륵 되돌아오는 요요가 학생들뿐 아니라 성인들에게도 유행이다. 18세기 영국과 프랑스에서 크게 유행한 요요가 조선을 휩쓸고 있다. 조선 반도에 대대적으로 불고 있는 스포츠 열풍에 힘입어 남녀노소 접할 수 있는 놀이이자 운동이다. 단돈 5전이면 구매할 수 있어 값싸고 간편하게 즐길 수 있다. 오르락내리락하는 요요에 집중하다 보면 삶의 고단함도 날려버릴 수 있다. (1933)

봉자와 병운의 노래

카페 여급 김봉자와 의학사 출신 노병운의 실제 사랑 이야기를 소재로 한 노래인 '봉자의 노래'와 '병운의 노래'가 인기다. 병운과 사랑을 나누던 봉자에게 병운의 아내가 찾아오고, 그제야 봉자는 병운이 유부남인 것을 알게 된다. 봉자는 모진 말로 병운을 집으로 보내고, 병운이 없이 살아가야 하는 자신의 처지를 괴로워하여 자살을 선택하게 되었다는 이야기다. 병운의 가정의 평화를 위해 자신이 물러서는 용기를 보여준 봉자의 이야기가 사람들의 심금을 울리고 있다. (1934)

유행 패션 추천

남성들 중에 아직도 한복 위에 코트와 구두, 중절모를 입고 다니는 사람들이 많다. 패션을 선도하는 모던보이들 사이에서는 상의와 하의를 다르게 입는 세퍼레이트 패션이 유행이다. 짙은 색 상의와 흰 바지를 입어보자. 당신의 흰 바지가 경성의 모든 이들을 주목하게 할 것이다.

여성들의 단발머리에는 역시 양장이 어울린다. 양장과 함께할 구두, 핸드백, 실크 스타킹, 여우 목도리로 당신만의 개성을 뽐내자. 손에 양산이나 부채를 살포시 쥐면 어디에도 빠지지 않는 신여성이 된다. (1930년대 중반)

라디오 프로의 빈약

라디오가 조선에 나타난 지 이미 8년여요, 청취자도 4만 이상에 달하여 그 교화, 보도, 오락의 효용으로써 조선 문화에 영향을 미치는 바가 적지 아니하다. 더구나 조선인 청취자의 격증과 아울러 라디오가 우리의 귀염과 중시를 더욱 받게 됨으로써, 조선적인 라디오 문화의 수립과 당국자의 경륜 있는 노력이 요청되게 되었다. 물론 아직도 초창기인지라 당국자의 노력이 미치지 못하는 일이 허다할 것은 짐작되는 바이나, 요사이 라디오 프로를 주시하건대 너무도 빈약함이 눈에 뜨인다. 이는 이 반(半)관립인 기관이 어용화하여 진부하고 소극적인 것을 도리어 장려하고 있는 것이 최대 원인이요, 또 한편으로는 방송 프로 작성에 책임이 있는 이들이 확고한 방침 없이 그날그날 방송 신청자들의 청에 의해 적당히 안배·편성하는 것으로만 능사를 삼는 까닭인 것 같기도 하다. 이러하다면 라디오 문화의 수립은 좀체 기대키 어려울 것이다. (1935)

영화 〈미몽〉 개봉

떠오르는 신예 감독 양주남과 최고의 여배우 문예봉이 뭉쳤다. 자신의 욕망을 좇아 가정마저 버리고 살아가는 애순(문예봉). 그러나 믿었던 정부 창건(김인규)은 돈 많은 유지가 아니라 세탁소 일꾼. 그의 범죄를 알아채고 경찰에 신고한 애순은 눈여겨본 무용가(조택원)를 좇아 택시를 타고 가다가 자신의 딸을 치고 마는데……. 파국으로 치닫는 그녀의 운명은 어떻게 될 것인가. 극장에서 확인하시라. 이와 더불어 영화 기술의 눈부신 발전과 화려한 경성의 풍경은 덤으로 즐길 수 있다. (1936)

제임스 조이스와 이상의 모더니즘 소설

1900년에 영국과 프랑스 등에서 새로운 문예사조인 모더니즘이 등장하게 돼요. 대표적인 모더니즘 작가는 아일랜드 출신의 제임스 조이스입니다. 제임스 조이스는 〈소설가 구보 씨의 일일〉에도 등장하는데, 구보가 벗과 함께 제임스 조이스의 《율리시스》라는 작품에 대해 이야기를 주고받지요.

모더니즘 작품은 기존의 장르 전통과는 다른 실험적인 방법들을 사용했어요. 모더니즘 기법이 사용된 제임스 조이스의 작품 《더블린 사람들》, 《젊은 예술가의 초상》, 《율리시스》를 만나볼까요.

《더블린 사람들》(1914)

20세기 모더니즘의 대표적인 작가 제임스 조이스의 첫 작품입니다. 《더블린 사람들》을 읽어야 제임스 조이스의 다음 작품인 《젊은 예술가

의 초상》과 《율리시스》를 이해할 수 있어요. 그 당시 더블린은 영국의 식민지였는데, 위대한 정치지도자인 파넬의 죽음으로 독립의 희망이 물거품이 된 상황이었지요.

《더블린 사람들》은 15편의 단편소설을 모은 소설집이며, 더블린에 사는 아일랜드 중산층들의 삶을 자세히 보여줍니다. 등장인

물들은 유년기, 청년기, 성년기, 장년기를 보내며 사회와 많은 갈등을 겪는데, 이들이 기존 사회에서 자유로운 세계로 나아가는 과정을 '에피퍼니'라는 기법을 통해 그려내고 있습니다. 에피퍼니(epiphany)는 어느 순간 갑작스럽게 종교적이거나 철학적인 깨달음을 얻게 되는 것을 일컫는 말입니다. 경험의 본질 혹은 실체가 한순간에 완전히 이해되는 것이지요. 주인공들은 무능하거나 타락한 모습을 보이기도 하지만, 그러한 삶의 애환 속에서 자기성찰을 하며 삶을 변화시키려고 노력합니다.

《젊은 예술가의 초상》(1916)

《젊은 예술가의 초상》은 제임스 조이스의 자전적인 소설이에요. 주인공인 스티븐의 성장 과정을 다섯 개의 장으로 나눠서 서술했는데, 이는 제임스 조이스 자신의 성장 과정과도 같습니다.

중학생 때 집안이 몰락해서 학교를 못 가게 된 스티븐은 혼자 여러 책을 읽으며 시적 감수성을 키우고, 옳지 못한 일에 대해 의견을 나타냅니다. 이렇게 스티븐은 물질만능주의 시대에서 종교, 정치, 사

회의 옳지 않은 모습에 대해서 비판적인 시각을 갖고 고뇌하고 사색해요. 특히 사랑과 헌신이 없는 신앙인의 모습을 보면서 종교에 실망하고, 그러한 현실을 비판하지요. 스티븐은 자신과의 처절한 싸움을 한 후, 마침내 그가 믿지 않는 것으로부터 자유로워졌으며 진정한 예술가의 길을 걷게 됩니다.

이 작품은 성장소설로 볼 수 있지만, 성장 과정이 의식의 흐름이나 에피퍼니 기법을 통해 그려진다는 점에서 여타의 성장소설과는 다른 모더니즘 소설의 특성을 지니고 있습니다.

《율리시스》(1922)

《율리시스》는 아일랜드의 수도인 더블린에서 주인공이 하루 동안 있었던 일을 서술하고 묘사한 소설이에요.

주인공은 광고업자인 블룸, 교사이자 시인이 되고 싶어 하는 스티븐 이렇게 두 명입니다. 블룸과 스티븐은 아침 8시에서 새벽 2시까지 거리를 걸어 다니며 수없이 서로 마주치지만 서로 알아보지 못하다가 결국 어떤 장소에서 마주하게 됩니다. 《율리시스》는 더블린의 시가지를 정확하게 묘사했으며, 일상적인 사람들의 생활 패턴과 모습들을 구체적으로 보여줍니다.

《율리시스》는 기존 소설 양식과는 전혀 다른 획기적인 작품으로 주목을 받았습니다. 의식의 흐름이나 내면의 독백을 중심으로 한

이야기 전개는 물론, 다양한 종류의 글쓰기 방식(소설, 드라마, 르포, 논문, 5행시 등)과 문체를 넘나들고 있기 때문이지요. 특히 마지막 장에서 블룸의 부인인 몰리가 잠에 빠져들며 떠오르는 생각을 묘사하는 부분은 4만여 개의 단어로 이루어진 하나의 문장으로 되어 있습니다.

하루 동안의 일을 담았지만, 다루고 있는

주제나 대상의 범위가 끝없이 넓으며, 다양한 기법과 방식을 사용한 대표적인 모더니즘 소설이라 할 수 있습니다.

제임스 조이스의 작품은 서구 문학에도 많은 영향을 끼쳤으며, 우리나라 작가들에게도 영향을 줬어요. 박태원뿐만 아니라, 박태원의 벗이었던 이상도 하루 동안의 일을 의식의 흐름 기법으로 쓴 〈지도의 암실〉(1932), 〈동해〉(1936), 〈지주회시〉(1936) 같은 모더니즘 작품을 발표하게 됩니다.

이상의 첫 단편소설 〈지도의 암실〉은 하루라는 시간 동안 일어난 일을 의식의 흐름 기법으로 쓴 작품입니다. 주인공은 새벽 4시에 일어날 때도 있고, 시계에 대해서 말을 하다가 전구에 대해서 말을 하고, 어떤 여자에 대해서도 이야기합니다. 주인공의 생각과 생각이 연속으로 이어지며, 독특한 문체로 쓰인 것이 특징입니다.

〈동해〉는 이상이 살아 있을 때 마지막으로 발표한 소설입니다. 작품의 제목인 '동해(童骸)'는 '아이의 뼈'라는 뜻이 아니라 '동정(童貞)'

과 '형해(形骸)'가 합쳐진 말로 '순결을 지키고 있는 모습'을 뜻합니다. 〈동해〉는 하루 동안 이루어진 간단한 에피소드를 담은 작품입니다. '임'이라는 여인이 '나'와 '윤'이라는 남자 사이에서 벌이는 교묘한 애정 행각을 다루고 있답니다.

〈지주회시〉는 '심리주의 소설'로 분류하기도 하는데, 역시 하루 동안의 일을 소재로 했습니다. 의식의 흐름과 독백 등을 사용하여 주인공의 내면의식을 드러내는 데 초점을 맞추어 서술됩니다. 〈지주회시〉에서 '지주(蜘蛛)'는 거미를 뜻하고, '회(會)'는 만나다, '시(豕)'는 돼지를 뜻합니다. 해석하면 '거미가 돼지를 만나다.'입니다. 소설 속에서 주인공은 아내가 벌어 온 돈으로 먹고살고, 아내는 카페 여급인데 손님(돼지)들의 주머니를 노리며 살아가지요. 1930년대 빠르게 변화된 근대화를 통해 금전만능 풍조가 일어나게 되었고, 그로 인해 가족 구조가 해체되고 인간성의 파멸이 사회 곳곳에서 나타나게 되었습니다. 〈지주회시〉의 주인공은 당시 이상의 모습과 닮은 부분이 있어요. 작품에 등장하는 인물들의 모습을 통해 황폐하고 비인간적인 당시의 상황을 잘 보여주고 있습니다.

소설 읽고 대화 나누기

독서토론반 동아리 시간에 〈소설가 구보 씨의 일일〉을 읽고 학생들과 이야기를 나눠보았습니다.

교사 얘들아, 줄거리는 어떤 것 같아?

은혜 소설이 처음에는 어머니 시점이었어요. 아들이 나갈 때 어머니가 '오늘은 빨리 들어와라.'라고 했는데, 아들이 대답을 안 하고 나갔어요. 그래서 대답 안 한 것을 자책도 하다가 전철을 탔어요. 그리고 어떤 여자가 탔는데, 구보는 구석에 있어서 안 보일 거라고 생각해요. 여자에게 말을 안 걸었어요. 그러고는 여러 벗을 만나요. 그리고 어떤 여자를 사귄 것 같은데, 붙잡지 못한 것을 그릇되었다고 해요. 그러다가 술 마시러 가고, 벗이랑 친한 여자분이 있어서 그분과 술 마시다가 정신병에 관련된 이야기를 서로 나눠요. 또 어떤 여자에게 장난삼아 종이를 주고 ○, ×를 쓰게 하는데 ○면 어디 옥상으로 오라고 해요. '아침까지 안 열어볼 거다.'라면서요. 그러다 친구가 헤어질 때 열어보라고 해서 열어보니 ×였는데, ○였어도 안 기뻤을 것이라고 해요. 그리고 집에 가면서 이제 나의 행복보다 어머니의 행복이 중요하다고 생각하며 어머니가 잔소리를 해도 까칠하게 굴지 않을 것이라고 해요.

승현 주인공 구보는 소설가인가요?

교사 응, 소설가야.

채윤 작가 필명이 구보인데, 소설 속 구보와 같은 인물인 건가요?

교사 응. 작가가 자신의 이야기를 쓴 것 같아. 수필하고도 비슷한데, 자신의 하루 또는 여러 날의 일들을 모아서 하루처럼 재구성을 한 것 같아.

채윤 어머니는 구보가 글 쓰는 것을 걱정한 건가요?

교사 응. 아마 글 쓰는 것으로는 수입이 변변치 않았기 때문일 거야. 또 일본 유학까지 다녀온 고학력자인 아들이 취업을 하지 않고 매일 밖에 나가서 지내다 저녁 늦게 들어오는 것에 대해서 걱정을 하셨을 거야.

채윤 중간에 어떤 여자를 예쁘다고 하는데, 어떤 남자와 함께 있는 것을 못마땅하게 생각하는 것 같았어요.

교사 전당포 아들인 동창이 예쁜 여자와 데이트를 한 것을 말하는 거구나? 예쁜 여자는 왜 그 남자를 만났을까?

채윤 그건 아마 돈 때문에 만나는 것 같았어요. 구보는 못 만나잖아요, 돈이 없으니까.

은혜 선생님 그런데요, 좀 이해가 안 가는 부분이 있었어요. 설렁탕을 먹는 부분이었는데, 어떤 여자가 나타났다가 친구하고 이야기하고 동경에서 있던 이야기를 하는 것 같았는데 또 친구와 대화하는 부분이 나왔어요. 이게 뭐예요? 갑자기 얘기가 바뀌고 갑자기 바뀌고 그러는 것 같았어요.

교사 은혜가 그 부분을 찾아냈구나! 그건 몽타주라는 기법이 쓰인 부분이야. 몽타주 기법은 영화에서 어떤 장면이 조금씩 사라지면서 새로운 장면이 나타나는 것을 말해. 이런 영화 기법을 소설로 가져와서, 첫 문장은 현재 이야기를 썼다가 두 번째 문장은 과거 회상 장면을 쓰고, 세 번째 문장은 다시 현재 이야기를 썼다가, 네 번째 문장은 또 과거 회상 장면을 쓰고, 이렇게 시간을 교차하는 기법을 몽타주라고 해.

하늘 그냥 저는 이 사람의 생각이 하나도 이해가 안 돼요. 이해가 안 되는데 머릿속에서 어떤 말들이 떠돌아다니기는 해요.

교사 이 소설이 좀 어려워. 이 당시는 어떤 사회였던 것 같아?

승현 좀 정이 없었던 것 같아요. 지금도 그렇지만…….

교사 어떤 점이 그랬어?

승현 구보가 경성역에 갔을 때 사람들이 서로 말도 안 하고, 많이 아파 보이는 사람이 복숭아를 떨어뜨렸는데 주워주지도 않고 그랬던 것 같아요.

채윤 선생님! 질문이 있어요. 그런데 이 소설은 어디가 발단이고 어디가 전개고 위기예요? 그런 게 안 보이는 것 같아요.

교사 이 소설이 모더니즘 소설이라고 했지? 모더니즘은 기존의 전통을 거부하고 새로운 방식을 추구하려는 경향을 말해. 의식의 흐름처럼, 눈에 보이는 것을 그대로 이야기한다든가 떠오르는 생각을 말하다가 또 새로운 것을 보게 되면 그것에 대해서 이야기를 시작해. 한마디로 일정한 사건이나 갈등 해결 과정에 따라 이야기가 전개되는 것이 아니라서 이야기 흐름을 잡기가 어려운 거야.

준원 저는 요즘 쓰는 말이 아닌 것들이 많아서 읽는 데 좀 어려웠어요.

교사 당시는 일본말도 많이 쓰였고, '가배차'처럼 외국어인 'Coffee'를 한자어를 빌려 표현하기도 했어. 언어는 시대에 따라 조금씩 변하니까, 지금 쓰는 말과 비교해 보는 것도 재밌을 거야.

준원 선생님, 주인공이 전차에서 여자를 만났을 때 말을 걸까 말까하다가 못 걸고 그러는 모습을 보고 자신감이 없는 것 같았어요. 전체적으로 자신감이 없어요.

채윤 주인공이 우유부단해요. 말도 못 걸고, 여자 못 잡고 후회하고.

교사 그렇긴 한데, 구보가 전차에서 여자에게 말을 못 건 것은 그 여자가 불편해할까 봐 배려한 것이고, 또 동경에서 만난 여자를 잡지 못한 것은 동창의 약혼녀라서 자신의 사랑을 희생한 것이니까, 인간적인 모습으로도 볼 수 있을 것 같아.

아이들이 〈소설가 구보 씨의 일일〉을 읽고 이렇게 다양한 의견을 내주어서, 또 어려운 소설을 잘 읽어주어서 고마운 생각이 들었고, 생각 못 했던 솔직한 의견에 당황스럽기도 했지만 많이 배울 수 있는 소중한 시간이었습니다.

참고 자료 및 사이트

한국민족대백과사전(https://encykorea.aks.ac.kr)
문화콘텐츠닷컴(http://www.culturecontent.com)
우리역사넷(http://contents.history.go.kr)
한국콘텐츠진흥원 문화콘텐츠닷컴

참고 문헌

강진호 외, 《박태원 소설 연구》, 깊은샘, 1995.

구보학회, 《박태원 연구 - 소설가 구보씨의 시간》, 깊은샘, 2013.

권은, 《경성 모더니즘 - 식민지 도시 경성과 박태원 문학》, 일조각, 2018.

김경일, 《근대의 가족, 근대의 결혼》, 푸른역사, 2012.

김봉진, 《박태원 소설 세계》, 국학자료원, 2001.

김종욱, 〈《소설가 구보씨의 일일》에 나타난 자아와 지속적 시간〉, 한국현대문학연
　　　구회 엮음. 《한국 문학과 모더니즘》, 한양출판, 1994.

김홍식, 《박태원 연구》, 국학자료원, 2000.

김홍식 외, 《박태원 문학 연구의 재인식》, 예옥, 2010.

나은진, 《구보 박태원 소설 다시 읽기》, 한국학술정보, 2010.

박일영, 《소설가 구보씨의 일생》, 문학과지성사, 2016.

박태상, 《박태원의 삶과 문학》, 한국문화사, 2017.

서은주, 〈고독을 통한 행복에의 열망 - 소설가 주인공 소설을 대상으로〉, 《상허학
　　　보》 2, 상허학회, 1995.

윤정헌, 《박태원 소설 연구》, 형설출판사, 1994.

이영남, 〈1920~30년대 한 '모던보이'의 삶〉, 《동아시아문화연구》 46, 한양대학교
　　　동아시아문화연구소, 2019.

이윤진, 《박태원 소설의 서술기법 연구 - 영화적 기법을 중심으로》, 국학자료원,
　　　2004.

정현숙, 《박태원 문학 연구》, 국학자료원, 1994.

선생님과 함께 읽는 소설가 구보 씨의 일일

1판 1쇄 발행일 2020년 1월 13일
1판 3쇄 발행일 2024년 4월 1일

지은이 전국국어교사모임

발행인 김학원
발행처 (주)휴머니스트출판그룹
출판등록 제313-2007-000007호(2007년 1월 5일)
주소 (03991) 서울시 마포구 동교로23길 76(연남동)
전화 02-335-4422 **팩스** 02-334-3427
저자·독자 서비스 humanist@humanistbooks.com
홈페이지 www.humanistbooks.com
유튜브 youtube.com/user/humanistma **포스트** post.naver.com/hmcv
페이스북 facebook.com/hmcv2001 **인스타그램** @humanist_insta

편집책임 문성환 **편집** 윤무재 **디자인** 구현석 반짝반짝 **일러스트** 성자연
용지 화인페이퍼 **인쇄** 청아디앤피 **제본** 민성사

ISBN 979-11-6080-328-0 44810